句あれば楽あり

小沢昭一

朝日文庫

〈初　出〉「俳句朝日」一九九五年五・六月号～九六年十二月号連載
〈単行本〉一九九七年三月、朝日新聞社刊

句あれば楽あり　目次

俳句〝使用前〟……9
俳句〝初体験〟……21
ベトナム吟行……32
句会それぞれ……43
下手な鉄砲も……………57
年ごとに楽屋鏡の……68

〝苦〟会もたのし……81
俳句は相撲じゃないけれど……………93
私の好きな俳句……105
芭蕉と私……118
俳句をやる人間って…………129
業俳、遊俳、〝行乞俳〟、〝二足俳〟……141

吟行道中記…153
本気で遊ぶ…166
一日一句…179
「吾をうとみぬ」…194
巻末エッセイ　黒田　杏子…206

句あれば楽あり

俳句〝使用前〟

ダマシつづけの人生

ええ、これから私の申しあげようとしていることは、ひとことでいえば「句あれば楽あり」という、ちかごろの私の心境——俳句があって、いま、私の人生は楽しいという、その実感を、これから、だらだらと、お伝えしようと思っております。

全く俳句は、ナマヤサシイ楽しさではありません。私にとっては、何よりも、もちろん仕事よりも楽しいのです。

私ども芸能人の仕事は、テレビなんぞをご覧になっていると、あるいは、遊んでいるようなノンキな稼業と思われるかもしれませんが、何の商売でも、それでお鳥目《ちようもく》を頂くということになると、なにかといろいろタイヘンなんです。

告白しますが、仕事は、あまり楽しくありません。

しかし、仕事が生きがいで、仕事さえしていれば楽しいという人はいっぱいおります。とくに私ども俳優仲間には多いのです。朝から晩まで仕事のはなし。酒を飲んでも、芸談を肴にオダをあげる。そういう人は迷うことなき芸道一筋。ホンモノの俳優なんていわれております。

いいえ、そんな一道を貫く役者根性を、私は十分尊敬してはおりますが、ダラシナイことに私はそうじゃない。イヤだイヤだ、やめようやめようと、まどい続けてそろそろ五十年でありますよ。

その間、自分をダマシダマシしながら、結局は仕事を続けてきました。ダマシの手口はいろいろでしたが、今は俳句です。俳句の楽しさで「イヤだイヤだ」を忘れさせている。というよりも、俳句にささやかな生きがいを見つけ、俳優の「俳」を、句の方に移しかえて何とかシノイデおります。

六十年踊る夜もなく過しけり　　一茶

私も多少は仕事が楽しいという時期もありました。

その頃は、いい仕事仲間にめぐまれておりまして、その仲間に会える楽しさで、躍々と仕事に出てゆきました。今考えると、あれは仕事そのものよりも、気の合った仲間に会えるウレシサだったのでしょうか。でも、そんな友達もいつのまにか一人、二人と先に逝ってしまったり、なんとなく離れてしまったりで、寂しいです。

それに、むかしの仕事の製作現場は、舞台でも映画でも放送でも、〝遊び半分〞というようなところがありまして、よくいえば余裕ですが、まァ道楽仕事に近かったですね。いってみれば、遊びと仕事のまんなかあたりで、ウダウダと時間をかけて何かやる。しかもそれでお金も入ってくる！

そんな生活は、軍国少年育ちで、いちど命を捨てる覚悟をきめ、敗戦でそれはバカバカシイことだったと目が醒めて、よし、生き直そうと決心した若者には、とてもありがたいナマケ暮らしだったようです。

当節は、そんなダラケタ仕事現場はありません。許されません。……ええ、どうもなんだか、話がコボシになってきますなァ。コボシはじめるときりがないからやめます。ハイ、俳句の楽しさのお話でした。

俳句は真底楽しい

くり返します。俳句は仕事とちがって楽しいのです。けれども、俳句を仕事にしている人は、それはまた大変でしょう。私は仕事じゃありませんから……。遊び半分どころか、遊び全部ですから真底楽しいのです。その、どう楽しいのかを、これからじっくり申しあげようと思います。すぐには申しません。もったいなくて、ペラペラ言えるものか。

これからは丸儲けぞよ娑婆遊び　一茶

人間は遊ぶために生まれてきたんだそうですね。「ホモ・ルーデンス」というんですか。長いこと知りませんでした。

私なんぞは、人間は働くために生まれてきたとばっかり思ってました。だって子供のときから、そういうふうにしか教えられませんでしたから。なにしろ二宮金次郎がお手本です。働け、働け、人間は働くことが尊い。たまに休む時でも、「明日の勤労への英気を養うために休もう」。休むのも働くための休みでした。「遊び人」といえば人間のクズのことを指していたのです。そういう考えは骨の髄《ずい》まで染みこんでいましたね。

しかし、そんな価値観は、世界中で日本人だけ激しかったようで、明治以後の、いわゆる「列強に追いつけ追いこせ」のなかで勤勉度がことさら強まったのでしょう。とくに昭和ヒトケタなんていう世代は、もう働くことしか能がない。仕事をとられたらもう何もすることのないオトウサンばかりがふえてしまったようで、仕事以外に夢中になれることを、若い時に何にも準備していませんから、例えば定年で仕事を失ったら、あとはボケに向かってまっしぐらなんですよ。

日本人も、江戸時代から明治の半ばぐらいまでは、けっこうのんびりと、みんな人生を豊かに楽しんでいたようです。群馬県の、たしか教育委員会で出した書籍で、江戸時代から明治期へかけての、お百姓さんや生糸の商人など、つまりフツウの人たちが、余暇のお楽しみで、ものした絵や書や詩歌、俳句、そういう作品の集大成を拝見しましたが、昔のフツウの人が、まあ、けっこう、文芸、美術などの趣味生活を楽しんでいたことがわかります。

私どもの父親というと、明治の後半の生まれですが、その世代でも、私たちに比べればずいぶんゆとりある余暇生活を送っていたのではないでしょうか。「娑婆遊び」では私、私のおやじにとてもかないません。

ちとやすめ張子の虎も春の雨　　漱石

私の父親は一介の町の写真屋でしたが、兵隊（シベリヤ出兵）で身体をこわしていたせいもあったからでしょうか、あまり仕事に熱心ではなく、営業は二の次で、釣りや小鳥の飼育や麻雀や川柳などを、近所の商店街のおやじ連中と楽しんで暮らしていました。

とりわけ川柳は、毎月二回ほど、近所のそば屋の二階で開かれる句会に参加していて、父は写真の仕事をしながら、ときどき思い出したように、手帳に句を書きとめたりしていました。

その川柳の会は、立派な会誌も出しておりましたし、川上三太郎先生を選者に呼んで、川柳仲間のおやじ連が緊張していたようなことも記憶しております。素人ながら、かなり本格的な集まりだったのでしょう。でも父親の川柳は、会誌も残っておりませんし、

　おかめそばひょっとこ口で吹いて食い

というのしか覚えておりません。

ラジオも五・七・五が調子出る

ところで、話はとぶようですが、私が毎度ご機嫌を伺っておりますラジオ番組「小

沢昭一の小沢昭一的こゝろ」は、一週間ごとにテーマが変わります。先週は、「高望みして良いもの、悪いものについて考える」と題しました。つまり、イイおじんになって、まだ人生に高望みしている姿はミットモナイ。先が見えてるんだから安心立命を心掛けようじゃないか。でもそうはいっても、人間、なかなか欲望は捨てきれないのよねェ、というようなお噂でした。

番組の冒頭、いつもまず、その週のテーマを声高に唱えるのですが、右の「高望みして良いもの、悪いものについて考える」が、どうも口にのせてノリが悪い、力が出ない。

そこで、「高望み」で一遍切って、そのあと「していいものと、悪いもの」というふうに、「と」を入れてみて、言葉にハズミが出ました。五・七・五になったからですね。

ご承知のように、日本語は、五・七調だと生き生きとしてきて躍り出し、人のこころに沁みこみ易くなります。もっとも、それが固定してアリキタリになると鮮度を失って、字余り、字足らずの破調が、却って力を発揮することも多いのですが……。

それはともかく、言葉は感覚的なもので、言葉のセンスはその人その人によって異なります。そのよってくる所は、血もありましょうし育ちもありましょう。言葉の感覚は生活環境によって、自然に磨かれもし、また反対に鈍感のままで終わることもあるでしょう。

私などは、言葉の良き環境に、特別めぐまれて育ったわけではありませんが、父親の影響で、川柳が自然に身の回りにあって、幼少の時分から、五・七・五が身に備わったような気がしてなりません。例の、指を折って数えることをやらなくても、五・七・五はリズムで感得出来ます。

家にあった川柳の本を、子供ながらに、いつもペラペラ見ておりました。一句ごとに挿絵のあるものなどは、今でもその絵柄とともに文句を覚えております。

孝行のしたい時分に親はなし
拍子木で捨て子の股をあけてみる
町内で知らぬは亭主ばかりなり

仏様など葬儀屋なれたもの
本妻のほうが美人で不思議なり
居ずまいの悪い内儀で売れる店
そこ掻いてとはいやらしい夫婦仲

まだ小学生でしたが、オモシロイなァと思い、しっかり頭の中にインプットされました。ええ、そっちの方はマセておりましたから。

好《こう》謔《ぎやく》則《そく》十七字たること涼し　　風生

けれども、わが家に俳句的環境は全くありませんでした。日本画や漢詩の掛け軸はずいぶんありましたし、苗字が同じでも何の縁故もない小沢蘆庵の歌とか、良寛の歌の偽物とかもありましたが、なぜか俳句はなかったのです。

年寄りに柿を食わせて寒くなり

という色紙が一枚あったように思いますが、これは川柳なのか俳句なのか。いずれにしてもこの句の意味は子供には理解出来ませんでした。

母親は、娘の時分に、短歌を雑誌に投稿したことがあると自慢しておりまして、なんだか歯の浮くような美文調の自作を、時々、調子をつけて唱えたりしておりましたが、全く記憶に残っておりません。

私自身としては、小学校六年の折、伊勢・奈良・京都を廻った修学旅行を終えての作文に、

猿沢の池のおもてに影うつす
　山の青葉の濃き緑かな

なるものを添えましたが、いま書き記していてもハズカシクなるシロモノで、後にも先にも私の作った短歌らしきものはこれ一つです。

さ、そんなわけで、私は、子供の時には、俳句との縁はまったくなし。そして長じても、俳句には何の関心もなく……俳句ばかりじゃない、酒もやらなきゃゴルフもやらず、仕事、仕事、仕事に明け暮れる毎日だったのですが、それが、実にひょんなことから、

俳句との幸せな出あいが訪れたのです。

ハイ、ここまでが俳句の〝使用前〟。これから〝使用後〟であります。

俳句〝初体験〟

東京やなぎ句会の旗あげ

あれはもう二十何年も前のことになります。『説教と話芸』をはじめ話芸研究の著作も多い関山和夫さんの出版記念会がありまして、私も出席しておりました。

その会の終わった流れで、なんとなく連れ立って喫茶店に立ち寄った顔ぶれが、柳家さん八（後に入船亭扇橋）、永六輔、江國滋、大西信行、永井啓夫、柳家さん治（後に柳家小三治）、矢野誠一、そして私の八人。一同、バカ話に花が咲いてまことに楽しいひとときを持ったものです。その頃、朝昼晩夜中と仕事ばかりやっていた私としては、こういう笑いを共有出来る友達とくつろいで興じていられる時間が、ありきたりの比喩ですが、干天の慈雨のように思われたのです。

誰いうとなく、たまにはこういう顔ぶれで、こんなふうに会って話をしようよ、ということになって、それじゃ「句会」でもやったらどうですかと切り出したのが、たしか入船亭扇橋さん。彼は水原秋櫻子門下で、若い時分から俳句のたしなみがあったようです。

その時、ほかは誰ひとりとして俳句の心得などなかったのですが、みんな一騎当千の野次馬ぞろいですから、もう、すぐ安直に、ああ、やってみようと、扇橋さんの提案にのったのでした。もちろん、俳句をキッカケにして楽しい集いになるであろう予感と期待が、みんなにあったと思います。早速、その場にはいなかったのですが、桂米朝、三田純市の両氏にも仲間に入るよう声をかけ（二年ほどおくれて、加藤武、神吉拓郎のご両所も加わる）、年が明けて正月五日、おめでたく第一回の俳句会を新宿の寿司屋の二階でひらきました。夜六時集合。宗匠格として仰いだ扇橋師に敬意を表し、彼の亭号の「柳家」から一字いただいて、会の名称を堂々「東京やなぎ句会」と決めたのは、実は敬意を表したというより、その大げさで何となくバカバカしいネーミングに、みんな賛成したようです。私は「落武者俳句連合」略称〝オッパイ連〟はどうかと提案しましたが、これはみんなから即座に却下されました。

第一回の幹事――月番は江國滋さん。会場の設定をし、当夜の進行一切をとり仕切るのですが、ご丁寧にも会則まで作ってきてくれまして、「句友の女に手を出さぬこと」なんていう条項もあるのです。いずれお笑い草にご披露してもいいのですが……。

さて、扇橋さんから、句会の進め方を教わります。

まず宗匠は、長いこと使いこんでいるらしくバラバラになりかけている季語集をツバつけながらめくって、題を出してくれまして、これが、「煮凝《にこごり》」「泣初《なきぞめ》」「水仙《すいせん》」「空《から》っ風《かぜ》」。それぞれの題で四句作って提出するわけです。〆切りは八時。小さい短冊型の投句用紙と選句用紙が渡されました。

「箱を出題別に四つ用意しましたから、句が出来たら投句用紙一枚に一句ずつ書いて、無記名でそれぞれの箱に投句して下さい。〆切り時間は厳守です。それを書記さんが題ごとにずらっと清記します」

永さんが、達筆だという美人ギャルを用意してくれているのです。短いスカートで畳に坐っていると、膝のあたりが色っぽいのですが、それに目を移している場合じゃありません。

「清記された句のなかから八句、お互いに選び合います。互選といいます。自分の句を選んじゃいけませんよ。気に入った他人の句を選び出して、最優秀と思われる句が『天』、次が『地』、その次が『人』で、これを『三光』と称してます。あとの五句は『五客』。そして三光句を二点としましょうか。客は一点で、この得点の合計で順位が決まります。同点の場合は三光句の多い方が上位です。……みんなおしゃべりばかりしていて聞いているのかなァ」

「ハーイ、業務連絡。宗匠の話をよく聞きましょう」

永さんがたしなめました。シマラナイ連中をソフトにたしなめるのが、これから以後も永さんの役割となりました。

まあ、こういう句会の段取り、進め方は、その句会によって多少の相違はあるようで、もしこれから句会をはじめてみようという方は、『句会入門』（角川選書）なんて

句会の作風の違い

歳《とし》のことをいえば、「話の特集句会」のメンバーを見渡すと、ちかごろはどうやら私が最年長者で、私より一世代若い方がいっぱいおいでです。したがって「やなぎ句会」より「話の特集句会」のほうが、座談も俳句の傾向も若いのでして、私も「少し違和感」ぐるみ、若さに触れられるという、そんなメリットもこの句会にはあります。つまり私にとっては、「やなぎ句会」が本妻で、「話の特集句会」は別口……ええ、下世話な比喩は止めましょう。

この夏、偶然ですが、両方の句会で、同じ「日傘」という席題が出ました。二つの句会の作風のちがいもわかると思われますので列記させてください。

まず「やなぎ句会」から――

稽古ごとらしく日傘のはなやかに

光石（入船亭扇橋）

足ばやに白き日傘の橋渡る
徳三郎（矢野誠一）

日傘たたみつつ会釈する女かな
滋酔郎（江國滋）

人力も日傘もくるくる無法松
六丁目（永六輔）

どこまでも揺れつつ行くや白日傘
土茶（柳家小三治）

稽古所へ日傘たたんで消えし人

獏十（大西信行）

夏日傘くるくる廻わし橋渡る

余沙（永井啓夫）

スター居て付人の居て日傘かな

変哲（小沢昭一）

「本妻」の方は、「稽古ごと」「人力」「稽古所」「スター」……と、どうもセピア色で、トシですかなァ、やはり。

では次に「話の特集句会」の「日傘」の句――

パラソルの色に恋して恋になる
燕李（岩城宏之）

閉じたまま一生を終わる日傘かな
春坊（高橋春男）

夢の中母若くして日傘かな
独鈷（和田誠）

パラソルは惑いの午後にくるくると
パル子（田村セツコ）

パラソルの見え隠れして橋渡る

郭公（下重暁子）

さしかけるともなくかしぐ日傘かな
眠女（岸田今日子）

ゆらゆらとひとつ日傘の霧の中
歌ん亭（小室等）

パラソルののけ反って見るキリンの眼
衾去（冨士眞奈美）

ゆるゆるり夢二のをんなひからかさ
吉利人（桜井順）

黒日傘点々と往くやキザの道
鯉人（山下勇三）

おりからの雨にパラソルとじにけり
猿人（矢吹申彦）

叙勲せる近寄り難き日傘かな
子松（平松尚樹）

絵日傘をひらけば記憶の匂いけり
茶子（白石冬美）

傾いて踏切渡る日傘かな

線香（中山千夏）

楚々たる日傘や追い抜きて落胆

変哲（小沢昭一）

いかがでしょうか、二つの句会のちがい――「日傘」よりも「パラソル」を使うという語感覚だけでなく、全体として「別口」のほうがやはり若い肌ざわり、明るい気分が流れていると思われますが……。

サービス句は不純!?

ところで、「初心者への優しい教え……俳句を楽しむ究極の手引書」と帯にあります上田五千石著『俳句塾』（邑書林）というご本の冒頭に、次の言葉があります。

――私の俳句は「わたくし」が、「いま」、まさに「ここ」に在ることの証でなくてはならないと思っています。したがって空に作ることをいましめています。「句案に渡る」ことのないようこころがけているのです。「眼前」を尊重し、「即興感偶」「そのおもふ處直《ところただち》に句となる事」をめざしています。（後略）

入門者にまず叩きこんでいる教えですね。私、この本はとても勉強になりました。なりましたが、私ごときはどうしても「空に作る」「句案にわたる」のでありまして、それどころか、句会でひとに採ってもらえるようにと、ウケを狙いがちなんです。不純なんですなァ。長いこと芸人稼業を続けてきたせいでしょうか。ときには抜かれなくても、ドッとみんなが笑ってくれれば満足、なんていうサービス句を出したりしまして、これじゃ「わたくし」も「いま」も「ここ」もありゃしません。たまに反省して「わたくし」を心掛け、「眼前即興」の「いま」「ここ」のつもりでよんでみたのが、「楚々たる日傘や追い抜きて落胆」だったのですが、誰ひとりハナもひっかけてくれないという有り様で、こんな句ではきっと、スケベだけで詩情がないからでしょうな。

「別口」と会って己の老朽度を知る

ともかく、当てこみの、〝こうもり〟変哲としては、「話の特集句会」では、若向きの句風にしようとガンバルのでありまして、

トマト煮てワイフ突然カンツォーネ

とか、

FMのダンモ五月の歯医者かな

なんて、「本妻」から、せせら笑われるような句を作っているんですが、なに、「別口」にだってそれ程モテやしません。

ところが先日、「蛙鳴く」の席題で、これがどうしても「別口」向けの当てこみが出来ない。〆切りも迫って仕方なく、本性むき出しのまま、

墨いろの廓《くるわ》の裏や蛙鳴く

古いなァと思いながら提出しましたら、これ、けっこう点が入り、ジャラジャラ頂戴いたしました。「別口」さんに「廓」が珍しかったせいでしょうか、それとも、切羽つまって、つい、「わたくし」の過ぎし日の「眼前」の句になってしまったからでしょうか。いや、ロクでもない句であること、よくわかっております。

ともあれ、「別口」と会って己《おのれ》の老朽度を知る。これも、淋しさを味わいながらの、人生の楽しさでありますよ。

蝙《こう》蝠《もり》に暮れゆく水の廣さかな　　虚子

下手な鉄砲も……

「どしどし書きどしどし捨てる」

私は長いこと句会を楽しんでおりますが、句会でしか俳句を作りません。句会は月に一回、毎回五句提出ですから月産五句です。月に五句じゃ上達しませんなァ。俳人の方の「一日十句」なんてのを伺うとビックリします。むかし井原西鶴は「矢《や》数《かず》俳諧」というんですか、一日に二万三千五百句も作ったんですって？　ウソでしょう？　ホントらしいのでありまして、医者がついて筆記役が書き留められない速さで作ったそうです。

世に住まば聞けと師走の砧《きぬた》かな　　西鶴

なんて、切なく胸に迫る句を作っている西鶴ですが、一日二万何千じゃほとんどロから出まかせじゃありませんか?

しかし、小林恭二著の『俳句という遊び』(岩波新書)のなかにこんな記述もありました。

「(俳人波多野爽波の)作句信条は『どしどし書きどしどし捨てる』ことである。(中略)そりゃあ、出来の悪いものも多くあろうが、そういうのは捨ててしまえばいいのである。そうやって軽く作った句のうちに、思いもよらぬ新鮮な句がまじっていたりする」

フーム、〝下手な鉄砲も数打ちゃ当たる〟か。私だってどしどし作れば、年間一句か二句ぐらいはいい句が残るかもしれない。月産五句じゃ年に六十句。西鶴なら五分もかかりません。数作りゃいいってもんでもないだろうけど、ある程度はやはり作らねば上達はしませんでしょう。

万太郎先生にあやかりたい!?

しかし私、上達を目ざしてはいなかったのです。前にも書きましたが、句会は気心の知れた友達との語らいが楽しくて、俳句はそのオカズ、小道具と思っております。おりますが、二十何年もやってますと、少しは上手くなりたいのです。「上手く」という言葉は適切じゃないかもしれませんが、「小沢さん、俳句やってるんですって、一句、書いて下さいよ」なんていわれて、その場に適切な挨拶句でもサラサラとしたためられたらカッコイイじゃありませんか。

若い時、私の結婚披露宴は、経費の関係で三組合同でやったのですが、他の二組とのご縁で久保田万太郎先生がお越し下さったのです。ご多忙の身ですから途中でお帰りになるところを、新郎の私は、筆と色紙を持って追いかけました。

「先生、記念にぜひ一筆お願いします」

その時先生は、もう半分、車に身体が入っておられましたが、そのままの姿勢で、

菊が香やかたみに思ふことひとつ　万

忘れません、この時のことは。この色紙はもちろん、大切に箱の中にしまっておきました。

余談に流れますが、それからしばらくして、その色紙を拝もうと思って、箱をあけてみたら、オヤ？　ない！　あわてて他を探してもありません。おふくろに尋ねましたら、「ああ、そういえば、何か一枚、ポツポツと墨が散ったような、汚れたのがまじっていたけど、あれは捨てたよ」。

ゲェーッ、でありましたよ。まぁそういえば、久保田先生の筆蹟は、ごくごく小さい字でポツンポツンとお書きでしたなァ。目の悪いせいもありましょうが、おふくろには字と見えなかったんですね。これは痛恨事でした。

でも今申しあげたいのは、そのことではなく、万太郎先生には及びもつきませんが、あんな風に、乞われて一句、さっとものしたいなァということです。

座右の入門書はあれども……

ところが、ドッコイそうはいきませんね。

この間も、知りあいのお祝いの席で、何か一句といわれて困りました。スッとなんか浮かびません。仕方なく、あとで書いて送りますって謝っちゃいました。前に作った句の中から適当に選んで書いてもいいんでしょうが、それが、自分の句を覚えていない。なにしろ、句会ではおしゃべりにばかり熱中していて、五句出すのに四苦八苦、その場しのぎで投句したものばかりですから、そんなもの、自分でもはっきり記憶しておりません。ボケの気《ケ》もありますしね。まあ、処女作ぐらいはどういうわけか頭に入っておりまして、

陰干しの月経帯や猫の恋　　変哲

でも、これ、お祝いの席で書けやしませんし、困っているんです。

そんなわけで、このごろになって少しは楽に、上手くなくてもいいから、スッと素

直に俳句が出来ないものかなァと、つくづく思うようになりました。

俳句の作り方の本だってときどき読んではいるのです。鷹羽狩行先生の『俳句入門――俳句の楽しみ』（日本放送協会出版）、藤田湘子先生の『20週俳句入門』（立風書房）など座右の書です。ハイ、入門書が私には一番。稼業の方でも『近代俳優術』（千田是也）なる入門書が終生の道しるべで、迷ったらそこへ戻ると、必ず新しい教えが発見出来るのです。入門書は繰り返し読んでフメッと私は信じております。

けれども、どういうわけか俳句の場合、入門書を読んで新鮮な刺戟をうけて、ナルホドとうなるんですが、じゃそれでもう軽々とよめるようになるかというと、私は逆に、前よりもウカツには作れなくなってしまうことがしばしばなんです。俳句となると純情かつマジメなんですなァ私は。

だから、こいつァあ宗旨を変えてみようと思いました。

いいえ、入門書は手ばなしませんが、先ほどふれた『俳句という遊び』の指摘に従って、どしどし作ってみよう。そうすればマグレの一句が期待出来るかもしれないと、実は一念発起したのです。

でも、一日に十句はとても無理、五句も大変、せめて一日一句。日記がわりに、その日の見たり聞いたり試したりのなかで、もう気軽に、イイカゲンに粗製乱造しようと決意して、これが三日坊主にはならず、とりあえず二カ月続いております。

いずれ、そのイイカゲン句を、恥も外聞も捨てて、ご披露させていただこうと思ってはおりますが……。

ところで、『俳句という遊び』という本はとても興味ぶかく読みました。何年か前に出たのですが、評判のようで、同じ著者による同じご趣向の『俳句という愉しみ』（岩波新書）も今年また求めることが出来ました。前作には「句会の空間」、次のには「句会の醍醐味」と副題がついておりまして「当代一流の技量を有する俳人たちが、流派の別を超えて句会を開いた。これはその句会録である。うちとけた中にある厳しい雰囲気、俳句を媒介にした上質なコミュニケーション……」なんて表紙裏に記されてあります。

両書とも熟読、勉強いたしました。なるほど句会の愉しみはこんなに深いものか、遊びのキビシサとはこういうものかと教えられました。当然のことながら、私どもの句会とはエライ違いです。ただし、『俳句という遊び』の「エピローグ・句会とは何か」の章に、現在の句会のほとんどは、句座をともにする者のコミュニケーションが存在しない、二次会などでは結構交流があるようだが……、という記述がありましたが、当方の句会はコミュニケーションにはじまってコミュニケーションに終わる。最初から二次会だと自負いたしました。しかしその分、かんじんの俳句の方は、すでにご紹介したように、あの程度です。

いちばん明瞭な相違点は、私どもの俳句は至極わかり易いということですね。この両書のなかの専門家の句は、おしなべて難解でした。著者のみちびきがないと私などには理解の及ばぬ句が多かったのです。フーム、これはいかなることか。私、少々考えこみましたなァ。

どだい私は、何によらず難解なるものはニガテなんです。現代詩の表現なども理解出来ず、はずかしい思いをしております。

この本の中でも、一例ですが、先生がたの点が多く入った評判句で、

虫鳥のくるしき春を無為《なにもせず》　高橋睦郎

春はあらゆる生命にとって歓びの季節なのだが、虫や鳥が生まれ出るという行為、肉体の変貌は苦しみを伴う。そういう「くるしき春」とうけとめながらも、愚者のごとくボーッとしている自分をよんだのであろう、と解説にあっても、まだ私にはムズカシイのです。しかし試しに、愚妻にこの句を見せたら、解説なしでパッと、生きものの繁殖の苦しみと理解してました。女だからですかなァ。私には詩的な感性が欠如しているのでしょうか。

『俳句用語の基礎知識』(村山古郷・山下一海編、角川選書)の「難解・平明」という項目によると、例の「明治は遠くなりにけり」の中村草田男は「難解派」といわれたらしく、

月ゆ声あり汝《な》は母が子か妻が子か　草田男

これが難解句の例としてあげられておりました。でもこれは私、よくわかります。

嫁と姑の間にはさまれて、お父さん嘆息していると月に叱られる。お父さんはどうも「妻が子」になっているから。……と思ったら、また女房が「みんな母とか妻とか、男とはちがう優しい愛に包まれた存在なんだと神さまが言っている」ってことじゃないかしら、なんて言いやがる。フーム、難解句ってのも、嚙めばオモシロイものだなと思いましたよ。

『俳句という愉しみ』のなかには「分かりやすいということは、反面、読者に熟考を強制しないということを意味する。早く分かるのはいいことかもしれないが、熟考しなければ理解できない感覚というのも、当然のことながら存在する」なんて記述もありまして、私もすこしは難解をケギライすることを改めましょうかね。

ふと気がつきましたら、難解ぎらいの私も、自分の仕事の上では、私なりの難解表現をやっているんですね。平明ばかりでは、いつかお客さんにあきられます。例えば、十人のお客さまの、一人にだけ分かって、あとの九人が分からないようなことを演りますと、その一人はとても喜んで下さる。だから、そんなふうにして、十人ひとりひとりに、その人独占のお喜びをお渡しすることが出来れば……という、演者としての願いが私にはあります。だったら、俳句でも……。

ところが、句会では私、なかなかそうはなれない。先日の句会で「秋の暮」と席題が出ました。どしどし作りまして、

カタコトの鶯谷や秋の暮

だけどこれ、分かってもらえないだろう、抜かれなければ……と、一転、平明に、

防火用水まだ残る町秋の暮

を投句いたしました。しかしいま後悔しております。素直な、正直な自分のこころなら、難解でも、これからはどしどし自分本位でいこうとイマシメタのです。生来の性癖がすぐ直るかどうかはわかりませんが……。

因みに「カタコトの鶯谷」は、鶯谷でも大久保でも池袋でもいいのですが、あえて説明申しあげません。お分かりでしょ。それほど難解でもないか。

年ごとに楽屋鏡の

即興はニガテ

ハズカシイのですが、私が俳句をつくる時のこころのなかを、かいつまんで、しかし正直に申しあげます。おそらく詩的センスのなさを暴露する結果となりましょうが、俳優は〝ハダカ慣れ〟しておりますから、まぁ平気です。

一年ほど前の、一月の句会での作句経過を例にとります。

兼題は二句提出で「寒釣」——寒中のきびしさのなかで釣りをすることですね。

席題は一句ずつ投句で「椿」「雪」「熱燗《あつかん》」。

兼題はひと月前から出ているのですが、残念ながらあらかじめ作って会に臨むということはあまりありません。前に「俳句は仕事よりも楽しい」なんて書きましたが、その仕事に追われていて、なかなか俳句づくりの余裕がないのです。イイトシをしてそんな生活はカナシイ。

若い時分と違って、このごろは仕事を終えて遅く帰ると、もうガックリ疲れて、夜食をとりながら深夜テレビのエロ番組なんぞをただボケーッと見ているという、そんな毎日ですから、とても俳句をよむなんていう心境にはなれません。

けれども句会の夜だけは、なんとしても仕事を休んで出掛けるようにつとめておりまして、とにかく句作は、出席してからです。

もっとも毎度申しあげておりますように、句会というより、雑談会ですから、笑い興じる間隙をぬって、瞬間湯沸かし器のように俳句ごころをたぎらせます。この辺のスリルは何ともいえません。

俳句は元来、即興的なものだと聞いておりますが、しかし私、万事に即興はニガテで、一つだけ早いのもありますが？　それ以外は、実は何事でも遅いタチなんです。だからいつも苦吟いたします。

さて「寒釣」——

子供の時はよく釣りにいきました。寒鮒《かんぶな》釣りもやりました。おやじに連れられて多摩川周辺の沼へ、ときには佐原あたりまで遠出もしました。そんな遠い日のことを思い出します。

冬場の釣りはなかなか釣れないのですね。

寒釣のひねもす浮子《うき》の動かざる

……平凡だな。

寒　釣　の　親　子　息　子　は　拳　玉　を

……子供は釣れないと飽きてくる。私の実体験ですが。でもこれだと句の焦点が、寒釣より拳玉の方へ移ってしまうか。

寒釣の寒さにさらす指二本

……寒いから手袋をして釣り竿を持っていますが、手袋のままだと鉤《はり》や餌のさばきが不自由です。そこで釣り師は、よく手袋の親指と人さし指をちょん切って指を二本出しているのです。……でも、この句会の顔ぶれは、あまり釣りの経験はなさそうなので、「指二本」はわかってもらえないだろうな。

一人だけ釣れる人あり寒の釣

……場所がいいのか仕掛けがいいのか餌が違うのか、一人だけ妙に釣れる人がいるものなんです。釣れないこっちはクヤシイ。

……まてよ、これも釣り経験のない人の共感は得られないか。やめた。

寒の釣りなんだから、寒さが感じられる句でないといけないのだ。

寒釣やふと土浦の風呂《なに》のこと

……利根川水系へ寒鮒釣りにきているけれど、こう釣れないんじゃ、もう切りあげて土浦のおソープにでも寄って帰るか……という句はダメだろうな。まごころの発露なんだけれど……。

手詰まってきました。便所へでもいってみますか。

廊下の冷えた空気にさらされて気分が変わり、よし、やはり過去の実体験からよもうと思い直しました。席へもどって、正座してみたりして、目をつぶって、集中して、

寒釣の餌かえてみて小半日

寒釣や同じ顔ぶれ同じ場所

……ま、こんなところか。いまひとつ気がいきませんが、この二句を投句しよう。〆切りまであと三十分。まだ席題三句もあるんだから。

少々あせってきたところで、しかし邪魔はどんどん入るのです。宮内庁詰めの記者からこぼれ出た極秘情報だというアヤシゲな話題を、声をひそめて言い出す者がおり

まして気が散るのですが、どうせ毎度のガセネタだろうと笑いとばして、句作に没頭です。

「椿」――

わが家の狭い庭にも一本、椿の小木がありますが、日当たりが悪くて花の咲いためしがありません。そこで、

わが庭の花を忘れし椿かな

……「わが庭の」が、なんか幼稚ね。「隅暗く」としようか。……だけどこれ、わざと陰気にしてみせたウソ句だ、なんてケトバス奴がいるんですよ。やはり咲いている椿の花にするるか。

椿ねぇ……むかし『五瓣《べん》の椿』って映画で、岩下志麻さんと同衾《どうきん》したことがあったなぁ。

椿散る岩下志麻の白い肌

なんてのは、嘲笑《あざわら》われるね。それはそうと篠田監督、このごろ声かけてくれないなぁ……そんなこと、今考えてちゃいけないや。

花道の八重子椿の裾模様

……ひどくなってきました。

さて困ったが、こういう時は素直に、スッと目に浮かぶものをよめばいい。椿で、まっすぐ、自然な発想は……ウン、これしか私の椿はない。

束《そく》髪《はつ》に椿の表紙『主婦の友』

時間もないから次の「雪」――

……単に雪っていうのはかえって難しい。

……誰か森繁さんの噂をしてるなぁ、聞くまい、聞くまい。また目を閉じます。

私はどうも、目を閉じて黙考すると、すぐ少年の日が脳裏をかけめぐるのです。

……まったくあのころは、朝、昼、晩、そして夜おそくまで、はい、夜店も並びますし、町場の子はまるまる一日、手を変え品を変えよく遊びました。私の黄金時代でしたなぁ。雪が降れば降ったで、雪合戦、雪だるま、雪釣り、雪すべり……雪の夜は、ひとりで炬燵《こたつ》で詰め将棋、旗合わせ、コリントゲーム……。

詰将棋詰まないままの雪の夜
雪の夜の色あざやかな旗合わせ
雪の夜のこんこんコリントゲームかな

……「こんこん」は、静かな夜に球の釘に当たる音が妙に響くのにもかけています。雪とコリントゲームの付き合わせが、自分ではとても気に入っているんですが、でもこれ、私の句とバレバレで、みんな「古イネェ」なんてせせら笑うんだよネ。
少年時代はやめましょう。

玄関に足を踏む音春の雪

……ひと様が訪れて靴の雪を払っているのですが……ええと、「春の雪」は「雪」

とはまた別の季題だったな。

……それでは、

雪のせて出前の蕎麦の朱《あか》い蓋《ふた》

……もうこれでよしだ。さ、そろそろ〆切り。

「熱燗」——

……私は酒を飲まないからねぇ。下戸《げこ》というのも不自由なものです。酒はストレス解消に一番手っとり早いらしい。酒さえ飲めば一日のウサがパーッと飛ぶんでしょ。こっちはウサバラシにウダウダと、ばかに時間がかかるんですよ。だから遅くまで起きて、スケベテレビの北原梨奈さんの裸を見なくちゃならないのですよ。

熱燗やいやな仕事もやらざれば

……気に染まない仕事をやった夜など、酒が飲めたらなぁと思うこともしばしばです。

さ、投句しましょう。私の発想はこの程度。こんなもの、こんなもの。ああ、出来た、出来た。

高望みしない人生ぬくめ酒

……ウム？　こっちの方がよかったかなぁ。

互選も済み、披講もおわりました。

結果を申しあげましょう。

当夜の出席者十一名のうち、私の得点順位は第五位。天に抜けた句は一句もありませんでした。

投句する選択をあやまったかな。「土浦の風呂」や「コリントゲーム」のほうがよかったのかもしれません。「主婦の友の束髪」の評判はよくありませんでした。チェッ！

今席の、最高人気の、天賞を三つも獲得した句は、日大教授永井啓夫さんの、

寒釣の午後は緩みし波紋かな　余沙

こういう句は、私には作れません。どうも私は自然観照がニガテです。すぐ、人間がらみの句になってしまう。

ところで、ことのついでに記さなければならないことがありました。

前の前、わが「やなぎ句会」のベトナム吟行の句をご紹介した時に、私、うっかり永井教授の句だけを落としてしまいました。永井さんは、あきれて笑っていましたが、雑誌の連載を読んでくれていた句友全員から「ひどいねぇ、あんたも」という叱責雨あられ。すいません。単純ミスでした。ハイハイ、老化が進んでる証拠です。ごめんなさい。

つつしんで、ここに追加させていただきます。兼題は「苗」で、あとはベトナムでの属目句でした。

苗札の幼き文字を拾い読む
悲しさの果てのほほえみマンゴー売る
余沙

とにかく近ごろは、生活の上で、若い時にはやらなかったミスがふえました。物忘れもひどくなる一方です。

このところ、毎年恒例の芝居の旅で、連日、日本列島あっちこっちと飛び歩いておりまして、この稿も楽屋で書いているのですが、ハテ、昨日は何処で芝居を打ったかなぁと、ふと、前日の記憶がマッシロになるなんてことがあるのです。最近のことをスカスカ忘れる。そのくせ、子供の時のことは鮮明にインプットされていて、むかし話が多くなる。これが正調ボケの兆候。

俳句でも、そのケが濃厚ですな。

もう「束髪」や「コリントゲーム」は、よしにしましょうか。

無理かなぁ。

筆を止めて、いま、つくづく、化粧前の鏡のなかの、おのが姿を見つめましたよ。

年ごとに楽屋鏡の木の葉髪　変哲

〝苦〟会もたのし

つい真剣になってしまう

俳句づくりは気楽に、もっといえばイイカゲンに、だから、いい句が出来なくて当たり前と、詩才のないのを居直っております私が、どうも真剣になってしまう句会が、実は一年に一度あるのです。そこでは私、気楽でもイイカゲンでもなく、なんとかいい句を作ろう、抜いてもらおうと、兼題への思案もだいぶ前から重ねているという、そんなテイタラクなんです。

『銀座百点』というタウン誌がございましょ。その誌上での、毎年恒例の「忘年句会」。これはずいぶん長いこと続いているらしく、顔ぶれは、達人、名人、重鎮ばかり。当代の俳壇を代表する専門家も加わっておいでなんです。

もう四年ほど前のことですが、私、その「百点句会」から、参加のお誘いを頂戴したのでありますよ。正直いって私は、そんな句会から声をかけていただけるようなタマじゃございません。ございませんから、当然、ご辞退しよう……という気持ちにはなりませんで、ヨォシ、やっちゃえ、恥はかき慣れているんだ、ビリになって当たり前、間違って一句でもお歴々が抜いてくれたらシメシメだ、と勇躍参加させていただくことにしたのであります。

しかし私は、根が小モノですから、まぁ一生懸命に準備するのですね。これがいつものように、俳句をナメてかかっていれば私も大モノなんでしょうが、そうはなりません。

といいますのも、もうひとつ腹を割って申しあげれば、心中、いささかの反撥……と言っちゃいけないな……ひそかに期するところがあったのです。

その少し以前のことですが、俳句の雑誌を読んでおりましたら、作家の杉森久英先

生のお書きになりましたものに、

「ちかごろタレント連中が、俳句を軽々にもてあそんでサワイデいるようだが、どうも目障りだ。作るのなら俳優の中村伸郎さんのように、しっかり勉強してやってもらいたい」

という趣旨のご指摘がございました。いえ、その文章をはっきり記憶しているわけではなく、私の頭にそんなふうに記憶されていただけなんですが……。

杉森先生のご著作は私も拝読したことがありまして尊敬申しあげておりますが、俳句をもてあそんで軽々にサワイデおりますタレントの当方としては、先生のお言葉ながらこれは一応カチンときましたなァ。タレントが俳句でサワイデ遊んでいてどこが悪い、とやはり思いましたよ。

けれども、本格に俳句に立ち向かっておられる方からすれば、俳句をカルーク見てヘラヘラ馬鹿騒ぎしている奴は、多分目障りなんでしょうなぁ。逆の立場だったら、私なんかはもっと毒づくかもしれません。

だから、カチンはカチン、先様のお気持ちもよくわかる、というあたりがぐっと抑えた心境だったのですが……。

ところが、ドキッ。その杉森先生が「百点句会」のメンバーと知ったのです。

タハッ！　一瞬たじろぎましたなぁ。

しかしすぐに、ヨォシ、やってやろうじゃねぇか！……元へ、やらせていただこうではないですか、と私、居ずまいを正したのであります。

中村伸郎さんの句

ところで、その杉森先生の褒めておられた中村伸郎さんは、五年ほど前（一九九一）、八十二歳でお亡くなりになりました。数々の名演は記憶に残りますが、とくに晩年、別役実戯曲を演じて底光りしておられました。舞台だけでなく、その俳優としての生き方には、私、深く感銘するところがありました。

その中村伸郎さんが、生前、「百点句会」のメンバーだったのです。だから杉森先生もよくご存じだったのでしょう。

中村さんには、私どもの「やなぎ句会」にも何回かゲストとしてお越しいただきました。最初お迎えした時、選句眼のない私たちは、中村さんを、なんと最下位にしてしまって、中村さんは、

「ウッ、もう二度と、ウッ、こんな句会に来るもんか」

と捨てぜりふを残してお帰りになりました。もちろんそれは冗談というか、恐縮する私どもへのサービスのおどけで、その後もまた来て下さったのですが、わが句会でも、いい句を残されております。お亡くなりになる少し前の句ですが、

迷惑をかけずに生きて冬日和
言うこともなく足りてをり冬日和
風除けてひっそり生きて逆らわず
また誰れか死んだ話に昼寝かな

中村さんの晩年のお気持ちが、さわやかに伝わってきます。なるほど、杉森先生がお褒めになるわけですね。

で、その中村さんの抜けられた穴を、やはり俳優で埋めるということで私が呼ばれたのでしょうか。もしそうだとしたら、とてもその穴は埋められやしません。「百点句会」初参加の私に、プレッシャーはいやが上にもかかってくるのでありますよ。

いざ「百点句会」へ

一九九二年暮れの「百点句会」。

兼題は、初芝居《はつしばい》、冬構《ふゆがまえ》、餅搗《もちつき》、薺《なずな》……シブイ題ですなぁ。

あと席題が二つ出るそうで、全部で十句提出とのことです。申しあげましたように、私は、いつになくマジメに、兼題にいどみました。

○熱海より芸妓来ていて初芝居
○魚河岸の顔揃いけり初芝居
　初芝居酒の機嫌の大向う

○廊下には音羽屋夫人初芝居
燕三条駅の植込み冬構
早くから年寄りのする冬構
○富士見ゆる窓は塞がず冬構
○餅搗きや爺っちゃ止めとけほうれみろ
○餅搗きに跳ね廻る犬吠える犬
○きのう餅二臼ついたサロンパス
若い衆に杵《きね》を渡してへたりけり
○箸止めてしげしげと見る薺の芽
七草はそろわず薺だけの粥《かゆ》
薺摘む初ぎっくりの初さすり

……まぁ、いかにマジメに作っても、中村さんの穴を埋めるどころか、穴があったら入りたいというくらい、たいした句も出来ないまま、一応○印を提出と決め、おそるおそる出席いたしました。

会場は銀座の、うなぎの名店竹葉亭本店の座敷。われわれの「やなぎ句会」はいつもそば屋の二階です。

すでに先生がたお揃いでありまして、シーンとしていて、なにやら格調高い雰囲気。そばとうなぎの値段の違いぐらい、私どもの句会とは差があります。

ご列席の諸先生を見渡せば、巌谷大四、河竹登志夫、林富士馬、石原八束、鷹羽狩行、小泉準三、小泉タエ、塩田丸男、小川陽子、江國滋（やなぎ句会のお仲間）、戸板康二（やなぎ句会に何度もお招きしました）、山本蓬郎、高橋睦郎（以前に話の特集句会でご一緒しました）、そして一番奥の床の間近く、杉森久英先生。私、そっと、江國さんの陰に隠れました。

とにかくシーンとしてるんです。こんなに静かで俳句なんか出来るかしら。

席題がもう出ておりまして、
寝正月《ねしょうがつ》、藪入《やぶい》り。

さ、せっせと作らねば……。

まず寝正月か……正月のテレビはうるさいからなぁ……寝正月消せよテレビの馬鹿騒ぎ。それとも、宮中の歌会始の中継を聴いてることにするか……寝正月御歌詠む声うつらうつら……ダメだね。正月は孫が来ていてかき廻されるんだよね……孫どもに飴たらされて寝正月……孫俳句ってものはサイテイだって聞いたことがあるなぁ。

料理が並びました。うまそうなうなぎの白焼き。食べてからにしよう。腹がへっては戦《いくさ》は出来ぬだ……戦じゃないんだけど。でも戦だよね、句会は。……と考えるのが誤りか。

……正月休みには、買ったまま積んどいた本を引っぱり出したりするなぁ……医心方など読んでいて寝正月。ま、これを出そうか。さ、次は藪入りだ。……むかし、写真屋だったわが家の藪入りを想い出すな……藪入りの手もちぶさたの主人《あるじ》かな……ピリッとしないね。藪入りや目玉の松っちゃん安来節……古いなぁ、少し新しくして……デン助、不二洋子。デン助、ハニーロイ……ハニーロイは私の句だと見え見えだ……藪入りの六区デン助、不二、大江……こんなところかな。

せまい発想の路地を行ったり来たりで、苦しみまして〆切りです。

とにかく投句、清記、選句、披講となりました。披講は石原八束、鷹羽狩行の両先生。音吐《おんと》朗々です。こっちはビクビク。なにしろ杉森久英先生が泰然と目をつぶっておられる。こういう時、いつもなら私、バカな冗談のひとつも口走るところですが、そうもならずにコチコチです。

アラ？　オヤ？　けっこう私メの句も抜けるのです。

披講も終わりまして、入選句の点数の合計。順位の発表となりました。結果は――

エッ！　私、三位！　ほんとかね、ほんとだ。ヤッター！　ヤッタゾー！

富士見ゆる窓は塞がず冬構

熱海より芸妓来ていて初芝居

藪入りの六区デン助、不二、大江

この三句がよく稼いでくれました。

……でも、喜びを、あまり顔に出してはいけない……ここは一番、謙虚に……恐縮していなくてはいけない……。

つい、ゆるむわが顔を引き締めて、ひたすら言葉少なに鞠躬如《きっきゅうじょ》としておりましたよ。

賞品がいただけるのです。第三位は紳士用ベスト。上物だ。ウハウハです。

因みに第一位は鷹羽狩行先生でした……当たり前だね。その高点句は、

　さみどりの吹けば窪みてなづな粥
　二つ柝《き》のあとしづまりて初芝居
　風音のほか訪れず寝正月

俳句は美しくなくてはいけないのだなぁ。

そして第二位の杉森久英先生の高点三句、

　沖よりの波濤を前に冬構
　名優の孫眠たげに初芝居

初芝居帰りは河豚となりにけり

「沖よりの……」は私も選ばせていただきました。日本海沿いの家並みが、広く目にひろがってきますなぁ。

けれども私の、杉森先生から一歩下がって、ピタッと下についているところなんざァ、どうですか！　私のこのハナレ技。偶然とはいえ、イイ線いったなぁ。

「百点句会」の初参加、上々の首尾でありまして、私、口笛吹いて……いえ、吹きゃしませんが、そんな気分で銀座通りを帰った次第でありましたが、しかし、句会というもの、新加入の珍しい風が吹きこむと、時として点を稼ぐことがあるようで、増長しちゃいけません。これからが問題です。

で、この先の「百点句会」、回を重ねていかがあいなりますか。さぁ、さぁ、さぁ。

俳句は相撲じゃないけれど……

〝勝って兜の緒をしめよ〟

ウレシイからくり返しますと、俳句を、句会のときだけ泥ナワでしのいで作っていた私が、タウン誌『銀座百点』の忘年句会からお招きをうけ、俳壇の重鎮をはじめ錚々《そうそう》たるお顔ぶれに畏れおののきながら臨んだところ、これがなんと第三位という成績でバンバンザイだった……というところまで申しあげました。

これが四年前のことでして、次の年の暮れにも声をかけていただいて、私、一層、緊張いたしました。ほら、相撲でよく新入幕の力士が好成績を残しますね。あれは新顔の取り口に古参のベテランがとまどっているうちに勝てる。でも次の場所からはそうはいかない。あれと似たようなことってあるのです。いえ、相撲と俳句を一緒にしちゃいけません。いけませんが、句会でしか俳句をつくらない私の潜在意識に、どうも俳句を〝勝負ごと〟と思っているフシがあるような気もいたします。よくないなぁ。

で、その再挑戦の「百点句会」――初陣の成果に気をよくして、勝って兜《かぶと》の緒をしめよ……また勝ち負けをいう……熱心に作句いたしました。

兼題は、年《とし》の湯《ゆ》、元日《がんじつ》、初便《はつだよ》り、雪《ゆき》。席題は、水仙《すいせん》、歳暮《せいぼ》で、例によって十句投句でした。

当夜のお歴々の練達の句を、僭越ながら私の好みで一句ずつご紹介いたしましょう。

藻のごとき齢と思ふ年湯かな　辺見じゅん
元日の女まどろみやすきかな　小泉タエ
もしかしてこのしづけさは夜の雪　江國　滋
猪の咳して通る雪の径　伊藤桂一

元日を今日も律儀に啼く鴉《からす》　林富士馬
年の湯や故郷の塩で歯をみがく　塩田丸男
元日や煙突の煙まっすぐに　杉森久英
ひとひとり匿《かくま》ふ小部屋水仙花　小川陽子
雪の夜の銀座に出たりさてそこで　山本蓬郎
年の湯や休養に入る付《つけ》睫毛《まつげ》　小泉準三
常套にしてめでたさよ初便り　高橋睦郎
名のなきもすぐわかりたり初便り　石原八束
水仙や海の機嫌は波に出て　鷹羽狩行
三角の雪や入谷の直次郎　河竹登志夫
戌《いぬ》年は雪にし明けよ清らかに　巌谷大四

『銀座百点』（一九九四・二月号）から

そして私めの句は……ええ、自分のだけはいっぱい記します。

しんしんと更けこんこんと雪つもる
元日という日も暮れてゆきにけり
年の湯におのずから目をつぶりけり
年の湯やお白粉おとす東西屋

集計の結果、私、なんとまぁ、また三位。新入幕が二場所目も勝ち越しです。嬉しくもあり有り難くもあり、連続三位に気をよくして、俳句とは、なんとオモシロイものよ、ひとつ普段から、少しは俳句を勉強してみよう……なぁんて思ったりしたんですよ。よく言いますな、ブタもおだてりゃ木に登る。……もっとも、そんな殊勝な思いもその晩だけでしたが……。

〝自分の相撲をとります〟

そしてまた次の年の「百点句会」です。「二度あることは三度ある」といいますが、

「仏の顔も三度」ともいいますね。今度こそ正念場だ。しかしスケベ根性出したらいけない。相撲取りが必ず口にする「自分の相撲をとります」という、あれだ。自分のペースを守ることが大切。順位なんかどうでもいいじゃないか。すぐ相撲にたとえてしまうけれど、そうよ、自分の句を作ろう。……といいましめましたのは、そうは毎度、好成績をとれる筈はない。不首尾に終わった時の、あきらめの準備もしていたようです。

このたびの兼題は、冬至《とうじ》、晦日蕎麦《みそかそば》、淑気《しゅくき》、年玉《としだま》。席題が、銀座《ぎんざ》、狸《たぬき》。……「淑気」なんて季語を知りませんでした。調べたら、「天地間に満ちている新春の、めでたく厳かな気配をいう」とありました。いい言葉ですなぁ。勉強しました。

張り扇ピシリと釋場《しやくば》淑気満つ

なんて早速つくってみましたが、今や講釋場もなくなったから、わかっちゃもらえない句かなぁ。でも、いい。「自分の相撲」だよ。

今回の諸先生の句を、また一句ずつ列記させて下さい。

躾糸《しつけいと》引き抜く指に淑気かな　江國　滋
年玉や古く悲しき親の恩　高橋睦郎
大杯の朱のうるはしや淑気立つ　小泉準三
貧《ひん》厨《ちゅう》に冬至の闇の濃かりけり　塩田丸男
年玉の袋揃えて旅立ちぬ　小川陽子
淑気みつ源なすや金屏風　小泉タヱ
靴先に冬至のうす陽掬《すく》ひ行く　林富士馬
年玉の人形抱く子をいだく　石原八束
姉妹のすぐくらべあひお年玉　鷹羽狩行
子なきままかく老い来しよ晦日蕎麦　伊藤桂一
妻を呼ぶ鈴たまわりし冬至かな　山本蓬郎
冬至から冬至へ急ぐ六十路かな　河竹登志夫
没《い》りしあとはほのかに赤し冬至の陽　杉森久英

『銀座百点』（一九九五・二月号）から

そして私の句は、恒例により……なにが恒例だ……多めに列記します。

どうらんの堅さ冬至の楽屋かな
おとしだまぼくのしらないおねえさん
孫に九九教えて暮るる冬至の日
年玉や子供にもある下ごころ

そして順位は、オオ、またまた、第三位！　ヒャー、ヘェー。

実は、前の、「百点句会」初陣の稿を書いております時点で、ここまでの経過はわかっていて述べておりました。新参者が三度続けて上位に入ったというご報告は、自慢ばなしになり兼ねません。自慢ばなしは端《はた》がシラケますよ。

しかし、私なりの計算もありました。

まもなく、また暮れには「百点句会」がある。いくらなんでも、今度は順位も落ちるだろう。有頂天の三たび三位も、最後にドーンとビリにでもなれば、いいオチがついておもしろい。そういう次のご報告にしよう。十中八九そうなるに違いないという自信？　があったのです。

そして、昨年暮れの「百点句会」——兼題は、松過《まつすぎ》、御降《おさが》り、初氷《はつごおり》、羽子板市《はごいたいち》。席題が年酒《ねんしゅ》。……「御降り」は元日に降る雨や雪のことですって。知らない言葉を覚えますな。

前の「下手な鉄砲も……」のところでふれましたように、近ごろ私は、波多野爽波先生のお説に従って「どしどし作ってどしどし捨てる」ことを心掛けております。乱作に実りあり……豊年乱作というくらいで、ハハハ。

杉の箸割る松過ぎの鮨屋かな
松過ぎて戻る世間のなつかしく
◎松過ぎてまた昼食のカレーかな

○松過ぎていつもの妻と二人かな
口あけて御降りうけるおどけ初め
御降りの関八州を鎮めけり
○御降りの午後にはやみし人出かな
御降りのやめば勢《きお》いの露天商
御降りや酒なめながら詰将棋
◎御降りやもうわがままに生きるべき
◎初氷割る子投げる子甜《な》める子も
願かけて弁財天の初氷
ひとと せの塵をかためて初氷
境内に犬一匹や初氷
◎吉原へ羽子板市の裏をゆく
○イチローも野茂も羽子板市盛る

○シャネルの娘買う羽子板の道成寺
◎伝法な口も羽子板市の華
○年酒酌む今を盛りの弟子のきて

○印を投句、◎はだいぶ抜いていただけました。
そして順位は、ああ！　ああ！　こんなことってあるのか、またまたまた三位。考えられない結果とあいなりまして、冬の夜の自慢ばなしにあくびかな、でありますか。

今回も、ウナルような佳句がありましたなぁ。

御降や静謐《せいひつ》といふ贈り物　　江國　滋
鴨の子に不思議な朝や初氷　　小泉タエ
初氷漬け菜の桶のまわりにも　　杉森久英
芸の師のきびしさ戻る松過ぎて　　小泉準三

松過ぎの堰切つて時ながれだす　鷹羽狩行

『銀座百点』（一九九六・二月号）から

私も、こういう句がよめるのなら、自慢したっていいのかもしれません。静かに考えますと、句会の順位なんて、何位でも、あまり自慢の種とはならないようです。相撲の番付じゃありません。

はやいはなし、例の、私どもの「やなぎ句会」の、一年間の総ての句から、実は、かの鷹羽狩行先生が一句だけ抜いて、このところ毎年、年間最優秀賞を下さっているのですが、その句は、句会の場では人気句でも評判句でもありませんでした。私どもに選句眼がないと言ってしまえばそれまでですが、どうも、句会には、そういうあやふやな面もある。当夜の気分、流れ、雰囲気、顔ぶれに左右されるもののようです。自分は見過ごしていて、他人がけっこう選んでいるのを見て、ああ、いい句だなぁと、あとから思うなんてことも屢々《しばしば》です。

となれば、俳句は、抜かれようと抜かれまいと、ひたすら自分の思いを、自分の世界を、五・七・五にこめること。もしそれを共感してくれる人があれば、それはとても嬉しくありがたいけれども、しかしそれだけのことと考えるべきでありましょう。

でも、

そう、でも、です。

これはやはり芸能者のサガなんでしょうか。ウケよう、抜かれようとする下心はぬぐえません。どだい〝競走〟〝勝負〟も好きなんですねぇ。だから、「俳句」より「句会」が好きなのかもしれません。

この年齢《とし》で、もうそういう性分は直りませんや。そういう私なら、正直に、句会の勝負を楽しんでもお許しいただけるんではないでしょうか。

されば、もういちど、前に記した自分の句を抜き出せば、

御降りやもうわがままに生きるべき　変哲

次回も三位をとりたいなぁ。

私の好きな俳句

「花曇」の例句を見ていると……

私は長いこと句会でしか俳句を作らなかったものですから、つい句会のことばかり記してまいりましたが、このへんで、私の好きな俳句について、すこし触れさせていただきます。

句会で題が出ます。例えば「花曇《はなぐもり》」。そうすると私は、まず自分の体験のなかの花曇――桜が咲いていて空の曇っている日を想いうかべるのですが、どうも具体的に、鮮明なワンカットがうかんでこない。そんなとき、歳時記をめくって俳人はどんな句を作っているかと、例句を見てしまいます。

いえ、俳句は「わたくしがいま、まさにここに在ることの証、句案に渡ることのないよう、そのおもふ處、直《ただち》に句となる事」という教えは存じております。おりますが、いま、わたくしが、ここで、おもうところが直に句にならないのですから、例句のマネをしようというのではなくて、イメージをわかせるキッカケがほしいのです。……なに、例句を見て、そこから離れようと、穴ネライをしたりもするんですが……。でもその俳人の句も、すぐにはピンとこない、私ごときにはよくわからない場合も多いのです。

研ぎ上げし剃刀にほふ花曇　　日野草城

歯茎かゆく乳首かむや花曇　　杉田久女

大先生の句ですから、わからないのは、こちらの詩ごころの欠如を恥ずべきなんでありましょう。だって、

見えぬ眼の方の眼鏡の玉も拭く　　日野草城

春の灯や女は持たぬのどぼとけ　　杉田久女
花衣ぬぐやまつはる紐いろいろ　　〃
皿破りし婢のわびごとや年の暮　　〃

なんていう両俳人の句には、わかるどころか、ひれ伏すんですから。

しかしそんなふうに「花曇」の例句がすぐに理解出来ないで、いささかナサケナクなっているとき、

花曇かるく一ぜん食べにけり　　久保田万太郎

なんていう句に出あうと、ホッとするのです。これは「花曇」だけじゃありませんで、歳時記で万太郎俳句に出あうと、いつもそうです。わかりやすいし、共感はわくし、だいいちアカヌケている。……いいなァ。そうか、身のまわりの発見、感懐を、自分らしくスラリと述べればいいのだなと、助けられるような気分になります。いや、そうよむのは、実は大変なこととわかってはおりますが、とりあえず安堵感を与えて

くれるのです。

久保田万太郎――

この先生の句には、出っくわすたびごとに、「ウメェもんだなァ」とうなり、その句は俳句へのあこがれを与えてくれます。

「花曇」では、もっと好きな万太郎句もあります。昨日今日の三下奴には詠めない句です。

玉子焼それも厚焼花ぐもり

忍《のび》、空巣、すり、掻ッぱらひ、花曇

ゾクゾクしてきますよ。

「クボマンは俳句がいちばん」

敬称略でお許しいただいて久保田万太郎の俳句は……僭越《せんえつ》ですが、私の性にあうのですね。蔭じゃ、「クボマンは俳句がいちばんネ」なんて言ってまして、これもご容赦願いますが、戸板康二著『万太郎俳句評釈』（富士見書房）は座右の愛読書です。

久保田万太郎といえば、私ども演劇界では畏れ多い大先生でしたが、私が〝ライン〟からはずれていたせいか、直接お目にかかったのは、例の、ムリヤリ色紙を書いていただきに突撃していったときの一度だけ。

そもそも私は、中学生のころ、久保田万太郎作『北風のくれたテーブル掛』という童話劇の、今から思えば幼稚な演出をやったこともありましたが、演劇を志すようになってからの学生時代には、久保田作品を、小説も戯曲も耽読いたしました。けれどもひたすら新劇青年でしたから、万太郎俳句には全く無関心だったのです。

それが、句会を〝オトウサンの楽しみ〟とするようになって、折々、俳句の本なども目にするようにもなり、諸大家の句に接するなかで、万太郎俳句にはことさら感銘することが多く、かくてつくづく「クボマンは俳句がいちばん」なんでありますね。

奉公にゆく誰彼や海嬴《ばい》廻し

ときたら、もう、最高！

昨年の秋に出ました俵元昭著『素顔の久保田万太郎』（学生社）、成瀬櫻桃子著『久保田万太郎の俳句』（ふらんす堂）も、どきどきしながら熟読いたしまして、とても勉強いたしました。

万太郎俳句のなかの、絶唱一句ということになりますと、たいてい、

湯豆腐やいのちのはてのうすあかり

この句でキマリとなっているようです。これは、愛人の急逝のあとの傷心の句であることはよく知られておりますが、老境、ささえを喪ったすぐあとの暮れの二十七日、タウン誌『銀座百点』の忘年句会での即吟なんです（と、そのとき同席していた龍岡晋さんの著『切山椒』に書いてあります）。

食事しながら、雑談しながらの句会からだって、名人ならば、後世に残る名句が生まれるのですね。しかもそれが「百点句会」から。……私としては、なにやらウチフルエルものがあるということは、前をお読みいただけたならば、ご理解いただけるで

あろうというものです。
ところで、前掲の『久保田万太郎の俳句』によると、

――いま仮に、これから万太郎俳句を勉強したいという質問があったとしたら、筆者は、「まず第一に、万太郎後期の句集『流寓抄《るぐう》』と『流寓抄以後』から、お読みなさい」と奨めるであろう。即ち、昭和二十一年から昭和三十八年五月六日、万太郎七十三歳の没年までの作品集である。極端な言い方をすれば、万太郎俳句の真髄は後期のみで足りるのである……。

とあります。この見解は、どうも専門家の一致するところのようでもありますが、しかし、私の好きな句は前期に多いのですよ。前にあげました「奉公にゆく誰彼……」をはじめとして、

ゆく雁や屑屋くづ八菊四郎

煮凝や四十を越してまる抱へ
竹馬やいろはにほへとちり〴〵に
さびしさは木をつむあそびつもる雪
時計屋の時計春の夜どれがほんと
やぶ入の一人で帯をしめにけり
鳥追やうき世の霜の袖袂
神田川祭の中をながれけり
芥川龍之介佛大暑かな
一句二句三句四句五句枯野の句
パンにバタたつぷりつけて春惜む
ぬけうらを抜けうらをゆく日傘かな
親一人子一人螢光りけり

遊び感覚の、かろやかな句もあって、唱えてこころよいのです。いいえ、もちろん後期にも、私好みはいっぱい。どんどん列記します。

鶯に人は落ちめが大事かな
鳴く虫のたゞしく置ける間《ま》なりけり
獅子舞やあの山越えむ獅子の耳
四萬六千日の暑さとはなりにけり
石蹴りの子に道きくや一葉忌
ばか、はしら、かき、はまぐりや春の雪
仰山に猫ゐやはるわ春灯
夏場所やひかへぶとんの水あさぎ
蒟《こん》蒻《にやく》屋六兵衞和尚新茶かな
震災忌向きあうて蕎麥啜《すす》りけり
粉ぐすりのうぐひすいろの二月かな
龍泉寺町《りゅうせん》のそろばん塾や酉の市

……後期の句は、すこし故意に、あまり〝久保田論〟なんぞに引かれない句を選んだきらいはありますが、以上、どの句も、私の尾骶骨《びていこつ》にひびく句ばかりであります。

私ごのみは俳諧風・月並風

ひょっとすると、私ごのみの句は、やや古めかしく、俳諧風というか、月並風というか……でも、さらりと粋な俳句にひかれることは確かです。粋というと、すぐ江戸風、下町風という言葉に置きかえられるのがいやで、それだったら、あまり口にしたくはないのですが、パリ風、都会風とでも言い直しましょうか。ともかく洒脱な、市井感覚の万太郎句には惚れ惚れいたします。

ですから、『久保田万太郎の俳句』のなかの記述ですが、

――万太郎名言は多く、ときに皮肉・毒舌も混っているが、例えば〈俳句は月並に限る〉だの、第二芸術論に対して〈俳句も芸術にされてしまいましたか〉な

どは、万太郎発言とされているが、証拠となると確証に乏しい。たしかに万太郎の言いそうな言葉ではあるが……それにくらべ〈見なけりゃ作っちゃいけませんか……〉は発言確実である……。

というあたり、ウレシクなってしまいます。「確証に乏しい」という万太郎発言も、そう言ったに違いないとキメツケたいですね。（註を入れれば、万太郎宗匠が「いとう句会」で「東京に出なくていゝ日鷦鷯《みそさざい》」という句を作ったとき、誰かが「先生、みそさざいが居ましたか」ときいたら、「見なけりゃ作っちゃいけませんか」と答えたそうです）

だからといって、万太郎発言を盾にとって、私ごときがつい作ってしまうウソ句、見ない句を正当化しようなんて思っちゃおりません。レベルが違いすぎます。やはり見なきゃダメでしょう。それはわかっていますが、私、ヘソ曲がり、韜晦《とうかい》、毒づきには、つい拍手してしまうのです。

しかし、こんなこと言っちゃなんですが、人柄としての久保田万太郎には……どうも……言いにくいのですが……どうも……でありますね。ここは久保田戯曲なみに「……」が多くなります。

でもまあ、私は、「万太郎をめぐる肉親・正妻・愛人・金銭など今まで秘められていた真実をはじめて公開！」と帯文句にある『素顔の久保田万太郎』だけでなく、小島政二郎、戸板康二、龍岡晋といった万太郎に近い人々の著作を読んだり、また、噂ばなしを聞く限りで「どうも……」と感じるだけで、じかに接したことはないのですから、そのことに触れるのは控えます。どうやら久保田万太郎は極度のテレ屋だったと拝察いたします。テレ屋はテレかくしが屈折しすぎると、対人関係で誤解を生むものです。これ、弁護しているつもりはありません。ただ私の、身につまされる実感ですが……ハイ、余計なツブヤキです。

久保田万太郎の生涯は、世俗的な名声とはうらはらに孤独であり、身内、身辺では哀しみの連続。そのなげきを、さりげなく、余情をたたえてよんだ句が、数々の絶唱であったと『久保田万太郎の俳句』にはくり返し述べられてあります。カナシイ句は、私、苦手なんですが、でも考えてみると、私の大好きな「奉公にゆく誰彼や海贏廻し」もカナシイ句ではありますな。では、うっすらとカナシイのは好きと訂正いたしましょうか。

いずれにしても、俳句は、カナシイ人生でないとダメなんでしょうか。そういえば、病気になって絶唱を生んだ俳人が多いようです。私は、因果と丈夫で、あまりカナシクもなくて……弱ったなァ。

ともあれ、

何がうそでなにがほんとの露まろぶ　　万太郎

スゴイ句ですねェ。脱帽、礼！

芭蕉と私

〝私、いっとき芭蕉でした……〟


かつて私、いっとき芭蕉でした。

もう十何年も前になりますが、芝居で六十ステージほど芭蕉を演じました。

俳優はある役を演じていますと、その人物が自分のように思えてきまして、だから芭蕉をやっている最中にサインなど求められると、

山 里 は 万 歳 お そ し 梅 の 花　　はせを

なんて書いたりしてました。

もっとも、その前は夏目漱石をやり、もう一つ前には乃木大将をやってました。俳優はいろいろ実在の人物にも扮しますが、〝一日消防署長〟なんてのとは違って、舞台でとことん「自分」を忘れて「他人」になります。けれども「他人」になり切れるわけでもなく、「自分」のなかの、その「他人」との共通性を出来るだけ総動員してやるわけです。よく俳優が「役になり切っている」なんていわれる場合でも、あれは役に近づくのではなく、自分のなかに役の「他人」を見つけるのです。役を引きつけるとでもいいますか、結局は「自分」でやっているのです。そういう役づくりのほうが、どうも「他人」の実在感が出るようです。ま、微妙な問題で、まだ言葉が足りませんが。

その芭蕉になったのは、井上ひさし作『芭蕉通夜舟』という舞台でした。これは、芭蕉だけしか登場しない、いわゆる「ひとり芝居」です。芝居は総合的な表現ですから、本当は「ひとり」なんて言っちゃいけないのですが……。

『芭蕉通夜舟』の作者は、名だたる〝遅筆堂主人〟で、ギリギリすべりこみの初日に、やっと全篇を通すことが出来て、ああ、こういう芝居なのかと、当の私がわかったほどです。ただでさえ台詞《せりふ》おぼえの悪い私、昨日の今日じゃとても無理で、恥ずかしながら台詞をカンニングしながらやりました。わが生涯の最もヒサンな芝居であります。こんな思いをしての芝居づくりは、もう金輪際よそう、と心底決意いたしました。

しかし、井上文学は大好きですから、次からは、既成の作品を、じっくり芝居にさせていただくことにしたのです。

けれども、その『芭蕉通夜舟』という芝居の台本は、まことに凝った趣向の、そして深い内容をわかりやすく、おもしろくあらわした作品で、今でも愛しております。『芭蕉通夜舟』は、全三十六景の芭蕉一代記です。三十六景というのは歌仙仕立ての趣向でして、連句の、それも芭蕉一門の主流であった三十六句の歌仙にちなんでいるのです。

芝居の冒頭の前口上で私は、芭蕉の『嵯峨日記』のなかの「ひとり住むほどおもしろきはなし」という言葉をはじめ、いくつかの例を引いて、

「……芭蕉翁は、ひとりで生きることに深くこだわった人でありました。というより、

人はひとりで生き、ひとりで死んでゆくよりほかに道はないことを究めるために苦吟した詩人でした。そこを踏んまえて、芭蕉翁がひとりでいるところだけを選んで、歌仙仕立てでお芝居を組みあげてみようと志したわけでございます」

なんて台詞をしゃべります。

さて、一代記は、伊賀上野藤堂家の若殿様（俳名蟬吟）に仕える料理人兼俳句づくりのお相手——満十八歳の芭蕉（当時の名で宗房）の青春時代から始まるのですが、「ひとりでいるところだけ」ということで、この芝居では、厠《かわや》にしゃがむ雪隠《せっちん》での芭蕉がたびたびでした。リキム芭蕉はお客様の笑いを誘いましたが、これは悪フザケではなく、便秘と痔が持病だった芭蕉が「人間五十年といへり。二十五年をば後架になからへたる也」と慨嘆したことに基づいています。

「人生の半分を便所で過ごした」とはオーバーですが、そういう冗談や洒落を、芭蕉はこの芝居で連発します。事実、そういうセンスもある人だったようで、その点も作者の考証の裏づけがあるのです。

芭蕉のいわばデビュー作は、二十八歳の折の『貝おほひ』です。これは芭蕉が伊賀の上野で句を募り、その句の優劣を判定する詞も添え、さらに自作も交えた発句合《ほっくあわせ》なんだそうですが、そのなかに、

女夫鹿《めおとじか》や毛に毛がそろうて毛むつかし

なんて、「わび」でも「さび」でも「ほそみ」でも「かるみ」でもない、いわば「えろみ」の句もあるのです。井上芝居では、芭蕉が遊廓の蒲団の上で、この句の駄洒落、語呂合わせを、師匠（北村季吟）から厳しく叱責されたことに反発して、酔ってウダウダとくだをまくという景もありました。私の知らなかった芭蕉です。

しかし、禅僧のごとき雅味をたたえる俳聖芭蕉では、私ごときが演じて取りつくしまもない「他人」ですが、こういう遊蕩の芭蕉ですと、多少は「自分」が使えます。ちなみに『貝おほひ』のなかには「われもむかしは衆道ずき」なんていうスンダ告白もあるんですね。

かくて芭蕉は、『貝おほひ』をひっさげて江戸へ移り活躍しはじめます。当時の江

戸談林俳諧の新風とぴったり合致したということのようで、このとき芭蕉二十八歳。やがて、江戸談林に桃青ありといわれるようにもなり、いっぱしの俳諧宗匠としておさまります。はい、三十一歳から「桃青」と名を改めました。後援者もつきました。けれども、暮らしのほうは、あまり楽ではなかったようで、芭蕉は三十三の年から四年ほど、小石川の上水道（神田上水）工事の書記役として人夫に金を渡すような仕事もしていたのです。そういう景もやりました。

そのころから芭蕉の心境に少しずつ変化があらわれるのですね。どうやら芭蕉は、宗匠としてあっちこっちの連句の会へ出かけていって採点しては点料を稼ぐという、そんな職業俳諧師の暮らしに、次第に疑問を感じはじめたようで、三十六歳の冬、心機一転、日本橋から深川の湿地に居を移し、頭も剃って僧形となり、隠者暮らしをはじめるのです。

芝居では私、手に剃刀をにぎってじっと刃を見つめ、やおら、髪を切るかと思いきや、撫でつけ髪のかつらをサッと脱いで、背後にあった坊主かつらをかぶるのです。

もちろんお客様は大爆笑で暗転、という次第でした。

このあたりから、芭蕉の句風がやはり変わるようです。芝居でも「談林俳諧から脱却しようとして〈わび〉ということに目をつけ、ひとりぼっちのわびしさに徹して句作を行い、俳諧の革新をはかろうとする」芭蕉となっていきます。

四十歳の八月、芭蕉は『野ざらし紀行』の旅に出ます。「野ざらし」というのは骸骨のこと。すべてを捨てる、野たれ死に覚悟の旅ということでしょう。ふつうイメージする芭蕉定番の姿です。

木曾福島での闇夜の野宿。雷鳴とどろき、稲妻走るなかで、芭蕉はしみじみとした笑みを浮かべて、私も大好きだった台詞を静かに語ります。

「野宿する身の貧しさ、やるせのなさ、切なさ、侘しさを、あべこべにこっちから笑顔で迎え出ること、それが誠の〈心のわび〉というものではないのかな。わびとは、貧者の心の笑顔のことさ。ちがってたらごめん」……いい台詞でしょ。

家に帰りたいばかりの「旅の達人」

しかし芝居は、このあたり、まだ半分をちょっと過ぎたところ、これからがヤマ場となるのです。四十三歳で『笈《おい》の小文《こぶみ》』の旅。四十四歳『更科紀行』。四十五歳から『おくのほそ道』への旅立ち……と盛り上がりますが、もう芝居の筋を追って説明するのをやめます。とにかく芭蕉は、死ぬまでの十年ほどは、自分の俳諧を極めるために捨て身の苦闘を続けるのですね。この芝居の作者はそれを次のように括《くく》りました。

「……芭蕉は何回も自己否定を重ねて、ついに〈かるみ、こっけい（興《きょう》）、新しみ〉という詩境へたどりついた人ですが、自己否定の〈道具〉としていつも大自然を有効に使いこなしました。芝居の焦点もそこへ絞り込んであります。大自然を前にして無常迅速を悟り、都塵を浴びるとその悟りを忘れてあくせくする、というわたしたちのパタンを、芭蕉ほど徹底して行った人はすくないでしょう。つまりわたしたちそれぞれが小芭蕉なのです……」（『大芭蕉と小芭蕉』公演パンフレット）

私も旅はよくするほうです。旅の達人なんてカイカブラレルこともあります。たしかに旅の経験は豊富ですが、みんな仕方なしの仕事の旅で、実はいつも家へ帰りたがっております。年をとるに従ってその傾向は強くなる一方で、「野ざらし」を目ざした芭蕉の足許にも及びません。というより、こっちは「野ざらし」ならぬ「町ざらし」センモンなんです。

そんな私には到底、芭蕉晩年の心境を深く表現するのは無理でした。いえ、私も役者ですから、それらしく風雅をただよわせて、漂泊の芭蕉をやるにはやりましたが、自分で一番よくわかっております。孤独感が冷ややかに出ないのです。詩人の狂気も出せないのです。「しみじみ」だけじゃ芭蕉じゃありませんもの。

芭蕉のわびしさ——家を捨て、家庭を捨て、金を捨て、しかも身体も頑健ではない。さびしいに違いありません。しかも自分で自分をさびしさに追い込んだのでしょう。俳諧のために。

この秋は何で年よる雲に鳥

旅に病んで夢は枯野をかけ廻《めぐ》る

前稿の万太郎俳句の場合にも申しあげましたが、やはりさびしくないとスゴイ句は出来ないのかなァ。

私だって少しはさびしいけれど、ま、せいぜい淋しい病気にかかった時くらいで、そんなことじゃたいした俳句が出来るわけもないし、それより何より大芭蕉の「他人」を演ずるには貧しい「自分」でした。

『芭蕉通夜舟』の最後の景は、夜の淀川を、芭蕉の柩《ひつぎ》をのせた河舟が漕ぎのぼります。私は二役早替わりでその船頭。これが俳諧をかじっている奴で、舟を漕ぎながら、柩をかこむ沈黙の芭蕉の高弟たちに、無遠慮に話しかけ、自作の前句づけを披露したりする始末です。

「蚤一匹小町に帯を解かせけり　手柄なりけり手柄なりけり……ハハハハ」

高弟たちがそれに答えるわけもなく、シーンとするなかに、空には皓々《こうこう》と月が冴えて、幕……というラストシーンでした。

が……。

この船頭なら、私、ピッタリ。芭蕉の出来よりずっとよかったと自負しております

俳優は、「自分」の及ばない「他人」を演じなければならないことも多いのですが、そういう「他人」を演じ続けることで「自分」を多少はふとらせる、深めることも出来るようです。

『芭蕉通夜舟』を、また上演してみたいなと思い、井上先生にチラッとお話ししてみたら、

「いいですねえ、だったら、あれは、すこし書き直しましょう」

と言ってくださいました。

でも、「書き直す」となったら、また、いつ出来ることやら。私、あのギリギリの苦しみが思い出されまして、心中、あッ、再演はよそう、と思い直しました。

俳句をやる人間って……

大っぴらにしたくない……

プロ野球千葉ロッテの江尻亮新監督が俳句をおやりになるとスポーツ新聞に出ておりまして、俳号も近作一句も紹介されてありました。読んだ時は、その句、しっかり覚えたのですが、いま、もうコロッと忘れております。私の頭もすでにザルです。もちろんその記事は、野球人で俳句をたしなむとは奥床しいことと、江尻監督の人柄をたたえているものでした。

政治家の藤波孝生元官房長官が、例のリクルートの一件で失墜した時に、「あの人は俳句もやる風流人で、そんな悪いことをやるような人じゃない」という声を聞いたりしました。

控え目に生くる幸せ根深汁

なんて句をよんでおられるそうです。どうやら、俳句をやってるということは、その人間にプラスイメージを与えるらしいのですが……フーム。

私の場合は、正直いって、俳句を楽しんでいることを、あまり大っぴらにしたくないという気持ちがまずありまして、いまでも多少そのケは残っております。なんだかはずかしいのです。はずかしいというより後ろめたいといった方が近い気持ちでしょうか。なにか悪いことでもしているようで、隠したくなるような……。

仲間と俳句の会をはじめた時に、まずそう思いました。あのころはバリバリ仕事に熱中しているまっただなか。俳句なんぞひねり出したら人生オシマイよという勢いで、いや、それよりなにより、芸能人は、俳句的な枯れた心境になるなどモッテノホカ。ぎんぎらぎんに脂ぎって、遊ぶんならハレンチに、おフロ通いでもしてる方がずっとまっとうな芸人ぐらしだと息まいていたものです。

けれども、前にも申しあげましたが、気の合った仲間とバカ話に興じている時間は、これは何よりも楽しい。そのほんの切っ掛けが俳句でも、ま、いいかァ、で始めた俳句会だったわけですね。

他の仲間も多かれ少なかれ、そんなふうな気持ちのゆれがあったのでしょうか。ですから句友の江國滋氏が、発会するや早速したためてくれました会則の、

「第一条――〈芭蕉から破礼《ばれ》まで〉の精神にのっとり、風流の奥儀を究めることを目的として本会を設立する」

にはじまって、

「第九条　第三項――以下に該当する者は即刻除名する。⑴会則に違反した者。⑵書記嬢に手を出した者。⑶句友の女に手を出した者」

に至るまでのオフザケ気分には、一同呵々大笑して、賛成同調いたしまして、その会則どおり、私めも「ヤニくさい唇《くち》とトリコモナスが愚痴」なんていう下劣な破礼句を投句したり、賭け句まがいに興じたりするなど、つとめて不謹慎に、俳句の会にあるまじき不良行為をすることをもって、よしとしてきました。そうしないと、はずか

しかったのです。

俳人には興味シンシン

話はとぶようですが、例えばテレビの俳句講座を見ます。そこに出てくる俳句の先生、俳人のかたがた、みなさんリッパな紳士淑女ですねえ。男性ならば、一見、会社役員風、または学校の先生風……それも校長風、あるいはお役人タイプの方。総評の議長のような先生もおいでです。女性ですと、やはり女学校の先生風、福祉活動家風、お花かお茶の先生風というところですか。

みなさん、いかにもカタギ、いかにもマジメという感じの、「句友の女に手を」出さない方々で、どうも俳人の外見は文士風ではないようです。〝第二〟であろうと〝第三〟であろうと、芸術の世界に心を遊ばせていらっしゃるのに、あまり芸術家風に見えません。これが、例えば小説家ですとどこかくずれています。軟派らしいゆるみがあるのです。俳人には、自由人らしいくずれが表に出ていません。

ところで、『わが父草田男』（中村弓子著）というご本を入手いたしました。まだじっくり読みこんでいないのですが、例の「……明治は遠くなりにけり」の作者中村草田男先生は、四十五年間も教職にあって、

白墨の手を洗ひをる野分かな

という句もあるのですね。「先生風」どころか先生だったのですが、その本のなかに、

学と詩と背骨二本の凍《し》み易く

という草田男句が引かれ、「父の頭の中にはいつも『芸術家』に対するアンチ・テーゼのようなものとして『良き市民』という観念がありました……教師としての父の控え目な態度の中には、『芸術家』であると同時に『良き市民』でなければならない、とつねに考えていた父の人間としての初心が刻まれていたのではないかと思います」とありました。それは、俳句に打ちこんで学問が後廻しになっている負い目があって、

人間としての「自重」を促すものとして「教師」としての控えめな態度となった、と説かれてありましたが、一般的にも俳人の先生方には、芸術家然とするのを嫌っているという面があるのではないでしょうか。私、そういう俳人に興味シンシンです。

余計なお世話だとおっしゃるかもしれませんが、私ども俳優稼業をやっておりますと、人間の正体というものに関心を持たざるを得ません。なに、文学者の追求よりは表層的ですが……。

どだい人間は十人十色だとしても、その仕事、その住む世界によって、タイプの違いが、外見にも中身にも出てくるようです。さらに例えば同じ政治家さんでも、その所属する党派によって、服装、身のこなし、言葉づかいなどに、共通した違いがありますよね。私などは、そういう特色がとても気になります。また人の表面にあらわれているものは、その人の本質ともかかわってくるようです。

前に、私が芭蕉を演じたお話でもちょっとふれましたが、私どもの仕事は、いつどんな役がくるかわかりません。ちかぢか今村昌平監督の映画で、私は産婦人科医をやりますが、医者の三点セットの眼鏡、白衣、聴診器じゃ許されません。ありきたりでなく、しかしどこかで如何にも産婦人科医、というものを出さなければなりません。小沢ならピッタリだろうの、安易な表現ではあの監督のＯＫは出ないのです。そのためには普段から、さまざまな人間のさまざまな生き方を、じっと見据えておくという、つまりは人間に、人間の正体に、深く興味をもって暮らしていないと、この稼業も、これで中々つとまらないのです。

いつかテレビドラマで山頭火の生涯をやれといわれて、やりたかったのですが、都合がつかずに実現しませんでした。俳人はやってみたいのですね。出来れば重い喜劇で。

綺堂作の『俳諧師』を見る

先日、岡本綺堂作『俳諧師』という一幕物の芝居を観てきました。大尊敬する滝沢修先生、渾身の舞台です。若き日、私が俳優を志した動機の底に、名優滝沢修の驚くべき精緻な演技を見た感動があったことは確かです。そしていま、齢九十に及んでなお矍鑠《かくしやく》たる表現を続けるお姿を、なさけなや息切れしかけてる私としては、土下座して仰ぐのでありますよ。

岡本綺堂は、ご存じ『修禅寺物語』をはじめ数々の名作を残されている作者。『独吟』(昭和七年)という句集も出しておられるようで、

鶯も乗せて竹屋の渡し舟
ぬかるみに蜆《しじみ》の殻や露地の雨
紅白の綱や祭の牛の鼻
翅《つばさ》のみ風にそよぎて蝶凍てぬ

まだまだ『文人俳句歳時記』(石塚友二編・生活文化社)から何句も拾えます。この作者の『半七捕物帳』はあまりにも有名ですが、諸作品は江戸時代についての該博な知識に裏打ちされているのですね。

で、『俳諧師』です。

とりあえず劇場パンフレットに載っている「あらすじ」を引き写します。

「元禄の末。妻に死別、藩士の身を捨て、俳諧師となった鬼貫は、浪花の町はずれで按摩をしながら、娘お妙と暮らしていました。師走の大雪の宵。飢えと貧しさに絶望した鬼貫は、自刃をはかります。お妙は必死にそれを押しとどめ、自分が廓へ身を売るからと哀願します。そこへ、師芭蕉に破門され、いまは乞食同然の放浪をつづける路通があらわれます。路通は、金になる芭蕉翁の偽筆を書くようすすめます。しかし鬼貫は、出て行けと怒ります。路通は立ち去り際、一句披露します。鬼貫も負けじと一句を返します。鬼貫はお妙に、路通を呼び戻すよう、大声で言いつけるのでした」

すこしつけ加えます。

上島鬼貫《うえしまおにつら》（一六六一〜一七三八）の俳句、

　行　水　の　捨　所　な　し　虫　の　声

というのは、たしか中学校の教科書に載っていて知りました。岩波文庫の『俳家奇人談・続俳家奇人談』という本が〝積んどく本〟でわが書架にありましたので、やっと開いてみたのですが、鬼貫については「……家貧うして資用に乏し。ある人その一女を権貴の妾《しよう》に売らん事をすすむ。義を守りてこれを固辞す。その性の厳正なる大率《おおむね》かくのごとし。しかるをある書に、蕉門路通《ろつう》と悪事をささやき、また共に亡師の法会《ほうえ》を妨《さまた》ぐなどいへるは、大いなる妄談なり……」とありまして、どうやらそういう妄談も材料にフィクションを組みあげたのが、この芝居なんでしょう。鬼貫の句として、

によつぽりと秋の空なる富士の山

麦蒔や妹が湯をまつ頬《ほお》かぶり

など載っておりました。

斎部路通《いんべろつう》（一六四九〜一七三八）についても記載がありまして、路通は若い時から放逸《ほういつ》で、乞食暮らしをしていたのを、芭蕉が近江行脚の道すがら声をかけ、「ふと風流の談に及ぶ。幼《いとけな》きより好みし腰折《こしおれ》なればとて、一首の歌を扇に書きて翁に呈す。書もいやしからずして、

露と見る浮世を旅のままならば

いづこも草の枕ならまし

翁歎《たん》じて曰く……汝われに従うて来るべしと。師弟の憐れみふかく、それより路通の名をばあたへられける……後、志に違《たが》ふ事ありて、しばらく師弟の仲絶えたり。しかれども翁終焉《しゅうえん》の頃は、またその罪を許さる」などと、なにやら気になる人物です。

山椒の辛《から》く皮はぐ浮世かな

いねいねと人にいはれて年の暮

の句も添えられてありました。

芝居の方では、鬼貫が激怒し、路通が帰ろうとするに及んで、幕切れ近く、ふと昔馴染みの二人が俳諧談義を交わし、近作を披露しあいます。

隠れ家や寝覚めさらりと笹の霜　　路通

川越えて赤き足ゆく枯柳　　鬼貫

路通は雪の中を立ち去っていきますが、路通と心が通いはじめた鬼貫は、路通のすすめる偽筆を書こうという気持ちが動き、生きる決意をするのでした。降りつもる雪を竹がバシッとはね返すところを見せて幕であります。

シブイ芝居でありましたが、私は、俳人という存在について、やはり気をとられていました。俳諧に遊ぶのはどういうタチの人間なんだろう。そして昔と今とでは、俳人にどんな変わりようがあるのか。現代の俳句の先生方と比べると、昔の俳人はちょっと〝不良〟だったのではなかろうか、などと考えをめぐらしていました。

いいえ、たいしたことを考えてるわけでもありませんが、いつか俳人を演ずる時の用意ですね。『わが父草田男』も熟読いたしましょう。「俳」句は遊びでも、「俳」優のほうは、ショーバイ、ショーバイ。

業俳、遊俳、〝行乞俳〟、〝二足俳〟

俳人の正体に関心

お話は続きまして、『俳諧師』（大正十年、岡本綺堂作）という芝居をみた感想を述べます。「紺屋《こうや》の白袴」なのか、このごろあまり他人様の芝居をみませんが、芭蕉を演じたこともある私としては、俳人の正体には関心があって勉強に出かけました。俳優は芸者と同じで「お座敷」がかかって成り立つ稼業。「俳人」を演ずる備えをしていても、お呼びがなけりゃ役に立ちませんが……。

『俳諧師』のストーリーは前に記しました。その芝居のパンフレットの「滝沢修にきく」を要約しますと、

「飢えに直面した人間（鬼貫）が俳諧どころか死を選ばざるを得ないところまで追い詰められる。そこへ路通が芭蕉の贋作を書けとすすめる。許せることではないと非常に腹を立てるけれども、結局鬼貫は、芸術家としての誇り、世間体なんかに義理立てして死ぬという考え方をもう一遍考え直してみろ、という路通の言葉を受け止めて、やっぱり生きていくことが一番だと悟る。生きるということがどんなに大事かということを、この芝居で言いたい」

戦中戦後のご自身の苦闘時代とも重ね合わせて滝沢先生はこう述べておられましたが、そういう情熱の力強くほとばしる舞台でありました。しかし私としては、元は武士でもあった鬼貫の清貧を貫こうとするリッパな決意が、ダラシナイがしかし人間的な方向にくずれるセツナサを、もっと克明に見たかったと思いました。もっとも台本自体も、そこをさほど書き込んではいないようですし、それにもともと、滝沢先生は押し出しも口跡《こうせき》もリッパすぎるのですが、私は、芝居でも、そして俳句でも、人間のダラシナイ、ヨワイ、セツナイ、そして〝不良〟なるところをほじくって、突っついたり笑ったりしているものに共感することが多いようです。

しかしながら滝沢先生、おん年九十歳です。スゴイ。……余計なことをつけ加えれば、私の畏敬する先人は、滝沢修、桂文楽、徳川夢声です。

ダメ人間を客観視した虚子

高浜虚子にも『俳諧師』『続俳諧師』という小説のあることを知り読んでみました。やはり双方とも「貧」が底流になっています。明治時代のお話ですが、昭和初期まであった日本人の暮らしが、なんだかとても懐かしくなってくる作品でもあります。

この『俳諧師』（明治四十一年）は、虚子の自伝的な小説なんだそうで、主人公の三蔵はグウタラで京都での学業がパッとしない。成績劣等で、三蔵の俳諧に傾く生涯がこのあたりから始まるのですが、俳句仲間の十風という人物の、元お女郎さんだった女房との生活――貧困と肺病という二重の悲惨さが凄絶に描かれていて、夏目漱石もそこを激賞したそうです。三蔵は東京へ移って俳句修業を続けるのですが、女義太夫にウツツを抜かすばかり（実際に虚子は竹本小土佐に熱を上げたらしいですね）。そういうダメ人間として自分を客観視しているところが、作者虚子のダメでないところなんでしょう。若き日の〝不良〟、遊蕩があって、後に口をぬぐって……失礼、

遠山に日の当りたる枯野かな

去年《こぞ》今年貫く棒の如きもの

となるのでしょう。いいぞ、いいぞ。

『続俳諧師』（明治四十二年）は、「続」といっても全く別のストーリーで、やはり貧に悩まされて、俳句を捨てるまた始めるというズルズルとした生活を綴っています。主人公は後半、暮らしのために俳誌を発行するのですが、結局は女房子をかかえて借金に苦しみます。彼のために誠心誠意つくす兄も、貧苦のなかで病死するという暗い結末で終わります。どうも俳人には、貧と病がつきものなんですね。それとも逆かな。貧と病が俳句を呼ぶのか……。

ところで、この小説のなかで、俳句の会が開かれるくだりに、こんな記述がありました。

「席上の人を大別すると凡そ二種類に分れた。一つは既に浮世の人であつて此の會合の席上だけ浮世離れのした天地に遊ばうとする人々。他の一つはまだ學校生活をしている人、若しくは學校生活を止めて間もない人で、誰れも若い時には心に萌す詩想を十七文字に盛ろうとする人々、まず大體此《ママ》二つに分類することが出來た。此の後者の方は初めは燃ゆるやうな青年の情を、強いてこの十七文字に現ら《ママ》はさうとするのが常であつたが、而かもいつとなく、其の詩形、其の風格に自ら感化されて、壯年老年の人の作と一見区別のつかぬやうな句を作るやうになつた」

当時、俳句志望の青年が多かったこともわかりますが、そういう青年が「燃ゆるやうな青年の情」を持ちつづけることがむずかしく、すぐ年寄りじみた詠み口になってしまうという指摘は、なるほどとうなずけます。「底見えしわがいのちかな秋の雲」なんて句を、私、二十何年前につくりました。……トホホホ。

遊俳というより浮遊俳!?

「業俳・遊俳」という言葉があるようです。江戸時代の、俳諧を業として点者《てんじゃ》として の収入で暮らす者を業俳、趣味で俳諧に遊ぶ者を遊俳と呼んだようで、しかしこれは、明治になってからそう区分けした言い方だそうです。

芭蕉なんて人は業俳がいやで、そういう世界から抜け出そうとする。私の『芭蕉通夜舟』の芝居にも、苦しんで点者暮らしを捨てる景がありました。業俳を捨てれば食べていけませんが、別業にもつかないとなれば、放浪乞食しか道はありません。というより芭蕉の場合は決然その道を選ぶ。髑骨《のざらし》になり果てる覚悟の『野ざらし紀行』です。純粋に俳句に生きる……カッコイイなぁ。一茶も山頭火も放哉も、そして鬼貫に偽筆をすすめた路通も、そういう俳人でしょうか。でも、グウタラでそうなっちゃった人もいたでしょうね。いずれにしても、業俳、遊俳の他に〝行乞俳《ぎょうこつはい》〟とでもいいますか、捨て身の俳人もいたわけです。

死にもせぬ旅寝の果てよ秋の暮　芭蕉
露の世のつゆの身ながらさりながら　一茶
まいにちはだかでてふちよやとんぼや　山頭火
入れものが無い両手で受ける　放哉

さて、『わが父草田男』をしっかりと読み終えて感銘いたしました。にわかに草田男ファンになってしまい、草田男句集も読みました。前に、難解とされる草田男句の、

月ゆ声あり汝は母が子か妻が子か

を、私、当てずっぽうで解釈していたのが、ほぼ当たっていたこともわかりまして、そうなると親近感も湧いてきました。草田男は、ニイチェに魅了されていたとか、キリスト教的作品が多いとか、人間探求派だとかいわれますが、当方、ニイチェもキリスト様もあまりご縁がありませんけれども、でも〝お父さん〟としての、ご同役の立場で心ひかれるものがありました。

前に、万太郎俳句だけが好きなようなことを書きましたが、草田男もいいですねぇ。ええ、コロコロ変わります。ずいぶん句風の違う二人ですが、両方好きだっていいじゃありませんか。

草田男は、まァ、妻一辺倒で、

　妻抱かな春昼の砂利踏みて帰る

　炎天の空へ吾妻の女体恋ふ

と、アケスケですが、オメデタクて結構です。私だって、

　閉経の妻と散歩す鰯雲　　変哲

でありますよ。

私の好きな草田男句を少々列記させてください。

　炎熱や勝利の如き地の明るさ

焼跡に遺る三和土《たたき》や手鞠つく
基地は金魚も唱《うた》ふよD・D・Tのけむり
家ふかく昼の一燭柏餅
蝙蝠や父の洗濯ばたりばたり
一老鶯唱《しよう》名《みよう》一《いっ》途《と》法法華経
桐の花妻に一度の衣《い》も買はず
ほととぎす敵は必ず斬るべきもの
まさしくけふ原爆忌「インデアン嘘つかない」
浮浪児昼寝す「なんでもいいやい知らねえやい」
富士秋天墓は小さく死は易し
真直《ます》ぐ往けと白痴が指しぬ秋の道
末子が食べし小鯛の裏を母夜食
父を愛して話題とはせず花八手

草田男は、虚子のいう「燃ゆるやうな青年の情、心に萌す詩想」を、年を重ねてもなお持ち続けた俳人といえましょう。でもそれでは食っていけませんから、学校の先生をおやりになっていた。二足の草鞋《わらじ》で俳人としての純粋さを保つ。〝二足俳〟とでも名付けましょうか。鬼貫も按摩さんをやりながら糊口をしのいだのですから〝二足俳〟です。「まことの外《ほか》に俳諧なし」の名言を残した鬼貫は、実は、東の芭蕉西の鬼貫といわれるほど、純粋な俳人だったそうですね。まぁ、純粋さの濃淡はあるにしても、こういう〝二足俳〟は多いのではありませんか、現代でも。

因みに、「極めつけ俳句雑学Q＆A」と帯にある『俳句って何？』（邑書林）というオモシロイ本には、

「純粋に俳句作品の原稿料や句集の印税だけで生活できる俳人は皆無といっていいでしょう。専門俳人（他に職業を持たない俳人）の多くは、結社の経営（主宰俳誌の購読料からの収益）や、句会指導料（著名俳人で十万円位）、講演料、俳句総合誌その他への文章寄稿料などで収入を得ています」……また、「有名俳人ほど選句に忙殺され、自分の作品を作る時間がないということにもなりがちなのです」

と記されてありまして、江戸の業俳宗匠のようでもありますが、とにかく俳句をつくるだけでは生活出来ないのですから、学校の先生や按摩をやるのと同じように、俳句関連で収入をはかるのも、なに、別業と考えれば、当代の専門俳人も、やはり〝二足俳〟といえるでしょう。問題は、何で収入を得ようと、どう忙しかろうと、俳句がすばらしければいいわけで、となると、業俳・遊俳という分け方も、あまり意味がないのかもしれません。

ともあれ、俳優としての私の関心が向くのは、業俳でも遊俳でも〝行乞俳〟でもなく、むしろ〝二足俳〟です。〝行乞俳〟は芭蕉をやってみてわかりましたが、その「まこと」をまことに表現するのは私には難しい。それより「芸術家」と「市民」の〝二足俳〟で、やりたいこととやらざるを得ないことの間で、ウロウロゆれるあたりを、喜劇的にやれたらなぁ、と思います。草田男の「学と詩と背骨二本の凍み易く」の周辺ですね。

アッ、なんだか、自分のショーバイの話に深入りしそうです。ホラ、働きトウサンの地金が出てきた。やめましょう。

そんなことより俳句に遊ぶお話だ。

私は、まさしく遊俳ですが、しかし江戸の遊俳はどうしてなかなか手練《てだれ》のようで、ならば遊俳と名乗るのもオコガマシイ。いえば、浮遊俳です。いえ、斜にかまえてそういうわけではありません。俳句に遊んでいると心が浮き立つのです。またそろそろ、そのお話を申しあげなくてはなりません。

明日、九州竹田へ、仲間と一緒に楽しい吟行に出かけます。これが、〝二足吟行〟なんですが……。

吟行道中記

瀧廉太郎の故郷に吟行

「やなぎ句会」の吟行で、大分県竹田市へまいりました。

竹田は日本列島のなかでも、あまり俗化していない、心の休まる静かな町です。なんといっても名曲『荒城の月』ゆかりの岡城址がすばらしい。チャチでインチキなセメント城を作って観光の目玉にしようなんていう下品なセンスでないところが、この町の気高さです。でも、城址を整備しないで、適当に「荒城」のイメージを保っておくという整備の方がかえって大変なご苦労なんだと、以前、竹田に遊んだとき関係者の方に伺ったことがありました。

山に囲まれたトンネルの多い町。作曲家瀧廉太郎の旧居が保存され、武家屋敷の並ぶ美しい町並みもあります。〝軍神〟広瀬中佐の神社はリッパですが、なんとなく肩身をせまくしている感がありました。大分は〝軍人の国〟だったんですよね。——砲《つつ》音《おと》の轟かざる世軍神《いくさかみ》……あ、季語が入ってませんね。「軍神」をとって「若葉風」とでもしますか……でも、没ですが。

吟行には、出かける前から、すこし作りはじめるのがコツです。江國滋さんに教わりました。いわゆる「見ない態《さま》」でありまして、いくつかウソ句を作っておくと楽です。私どもは楽しむための吟行ですから、句作りでアタフタしてたら旅の楽しさはフイ。ウソ句だって、なに、見てから修正すればいいのです。虚と実との違いの発見も収穫でしょう。

閑静なところへの旅は、都会でアクセク働く者にとってご馳走であることもさることながら、とにかく、仲良し連れ立っての旅は格別というものです。

羽田空港の集合場所へ行くと、もうひときわ高い句友の笑い声が聞こえてきました。

大西信行氏のポケベルが鳴り出して、

「売れてるねぇ」

なんて誰かが冷やかしたら、それは空港の待合席わきの食堂で、天ぷらそばが出来たという合図。食堂が混雑して席もない時は注文だけとってポケベル渡されるらしいのです。今やそんなことにもポケベルを使っているのですね。しかし、それだけのことで一同大笑い。ふだんは仏頂面している老人どものくせに、箸がころんでも笑う。娘っ子同然のケタタマシイ高笑いが絶えません。

笑いは健康の元。とくにボケの予防には効きめありとか聞きますが、傍若無人の哄笑は、往々にして傍《はた》迷惑で、今までにも周囲の顰蹙《ひんしゅく》を買ったことがしばしば。ホテルの一室での句会の大騒ぎを、隣室から「いいかげんにしろ！」と怒鳴られたこともありました。宴会じゃあるまいし、うるさくて叱られる句会も、まあ珍しいでしょう。

その辺を見越してのことに違いありません。さすがは目配り十分の幹事たる永六輔氏。機内の席は、全員、テンデンバラバラになるように段取ってありました。『大往生』の作者は、テレビの生本番を途中で怒って退席したりもしますが、あれでなかなか苦労人なんです。

大分県竹田へは、大分空港より熊本空港からの方が近いようです。阿蘇の外輪山を越えて、見渡す限り緑一色のなか、国道57号を私どものワゴン車が進みます。

文庫本で上下二冊『俳枕』（平井照敏編・河出文庫）というありがたい本が出ておりまして、日本国中の地名にかかわる俳句が集められてあります。

阿蘇の項を開きますと、

灰に濡れて立つや薄と萩の中　夏目漱石
おのが食む萱運びゐて阿蘇の馬　阿波野青畝
火口丘女人飛雪を髪に挿す　山口誓子
駆くる野馬夏野の青にかくれなし　橋本多佳子
噴煙のいま濃し御する登山馬　皆吉爽雨
阿蘇山頂がらんどうなり秋の風　野見山朱鳥

まだまだ載っておりますが、馬をよんだものが多いですね。しかし、私どものたどるコースには、右左と目配りしても馬には出あいませんでした。

「この辺は放牧馬が多いんでしょ」

と私が言ったら、すかさず誰かが、

「鹿は二匹いるけどネ」

これでまた車内割れんばかりの大爆笑。車を運転しているお迎えの竹田の人が、何がそんなにおかしいのかと怪訝《けげん》な目で振り返りました。ええ、たいしてオモシロイこと言ったわけでもありません。鹿はハナシカのことで、小三治、扇橋と噺家が二人いるというだけのことです。

余談ですが……すべて余談なんですが……「やなぎ句会」には馬好きが多いのです。といっても競馬のほうで、句会では必ず競馬が話題にのぼります。バクチ好きから俳号が獏十《ばくと》（大西信行）という人もいるくらい。また、句会の選句に際して、「これはお前の句だろう」と、互いに当てっこの賭けを楽しんでいる者もいて、名は秘しますが、賭けごと好きが何人かおります。

しかし、競馬に関する句ってあまり聞きませんね。俳人は〝不良〟でないから競馬なんぞはおやりにならないのか。『俳枕』で「中山」とか「府中」とか、「栗東」なんぞもあるかなと一応調べてみましたが、あるわけないですよね。だけど、競馬場には、季節感もあふれておりますよ。ご披露するのもはばかられますが、

本命をはずした慾に秋の風

私の句ですが、穴ねらいで損ばかりしております。
でも、「加茂の競馬《くらべうま》」という季語がありまして、これは京都上賀茂神社の神事。「本朝競馬の発祥」といわれ、この五月のはじめ、私も偶然出っくわしましたが、馬の走ったあとでした。

路地ぬけてたまたま賀茂の競馬

なんて、やってはみましたが、出来たうちに入りません。歳時記の例句には、

くらべ馬おくれし一騎あはれなり　子規
競べ馬一騎遊びてはじまらず　虚子
競べ馬逸《はや》りつ踏めり苜《うま》蓿《ごやし》　秋櫻子

虚子の句がおもしろいですね。
あとで調べましたら、「初競馬」は季語にありました。例句が、

子が撰りし馬が勝ちたり初競馬　小出紅魚

やはり小出オトウサンも損したんですな。

句作の妨害が通例

熊本空港から竹田まで、車で四、五十分の距離ですが、途中でおそい昼食です。で、当地名物の高菜めしとご汁。ご汁は大豆をすりおろした味噌汁ですが、柳家小三治師

でしたかな、

「力の入らねぇ食い物だ」

と、つぶやいて、また一同爆笑ですが、なに、けっこう旨がっているわけで、大体が悪態《あくたい》をつくことをもって楽しみとする面々です。

したがって、ひとたび欠席すれば、陰で何をいわれているか知れやしません。うっかり欠席も出来ないのです。今回の欠席は、テレビと映画が重なって大忙しの加藤武氏と、このたび、めでたく人間国宝となりましてこれまた超多忙の桂米朝師。

「やなぎ句会も国宝が出るようになっちゃ、オシマイか」

なんて誰かがボソッと言います。するとすかさず、

「国宝も国辱もいてやなぎかな」

これは私がいいました。

その時、一人だけ笑わないのがおりまして、当会の宗匠格、入船亭扇橋師。食事の手を止めてじっと窓外の花を見つめております。句想が湧いているらしい。また申しあげますと、この方は植物にくわしく、やたら植物を題に選ぶ宗匠で、みんなの知ら

ない花の名前が出たりして不評なんですが、なに、そのおかげで、一同少しずつ花の名前を覚えてはおります。

誰か一人でも、俳句を作っている、考えている風情があると、直ちに話しかけて、妨害するのが私どもの通例ですから、私はやみくもに、彼に質問いたします。

「扇橋師匠、先代の扇橋って人も俳句をやってたんですって？」

「ええ、先代は昭和十九年に没しましたが、お茶の先生でもありましてね、例の『根岸の里のわび住まい』は、この扇橋がはじめてよんだともいわれているんです。『梅が香や根岸の里のわび住まい』『蟬しぐれむかし問答ありし寺』なんて句が残っているんです」

これで妨害は成功したようで、もうどんどん話題はむかしの噺家の俳句に移ってみんなも加わります。こうなると永井啓夫氏、矢野誠一氏……くわしい人ばかりですからね。

大名人三遊亭円朝の句で、

むつまじき程ひまどれる御慶哉
忘れずに持ち古したる扇哉

有名な辞世の句は、

眼を閉じて聞き定めけり露の音

吉井勇の数々の戯曲のモデルにもなった三代目蝶花楼馬楽の句は、

道楽を人のほむるや春の風
古袷《あわせ》さんまに合わす顔もなし
そのあした天麩羅を焼く時雨かな
夜の雪やせめて玉《ぎょく》だけとどけたい

玉代《ぎょくだい》だけでもとどけたいとは、花魁《おいらん》へのまごころか、それとも客足の少ない雪の夜こそ、点数をかせごうというコンタンか。好きな句です。

昭和の名人、おなじみ古今亭志ん生師匠の句もすばらしいのです。

中串《ちゅうぐし》の焼ける間のあぶら蟬

前掛けの下に気兼ねのはかり炭

丸《まる》髷《まげ》で帰る女房に除夜の鐘

……いいですねぇ。人情噺の世界だなァ。

聞いているふりして考える

しかし、話の盛り上がっている時こそ、ひそかに句を作るチャンスでもあります。そのスキに、こっちは聞いてるフリをして考えるのですよ。うわの空の相槌など打ちながら、目はあたりの風景を見まわします。

とりあえず、なんとか、この山も野も見渡す限りの青葉をよんでみたいもの。まさに万緑です。その万緑も樹木によってそれぞれ異なる緑。……青葉とはいえど青さはさまざまに。……さまざまの青葉に山も野も……畑も。……さまざまの青葉茂れる……桜井の……じゃダメだァ。ま、句会は明日だから、今夜ゆっくり練りましょう。

今回は一泊旅行です。予定としてはこれから竹田に入って、そのまま岡城址を散策し、夕刻より文化会館で全員出演しての、いわゆるトークショー。「城」をテーマにそれぞれが語るという催しです。で、明日の午前中は竹田のあちらこちらを歩いて、午後句会をやってから帰京というスケジュール。「やなぎ句会」はタダじゃ吟行はやりません。催しもの兼句会という二足の草鞋をはいているところが、シタタカというか、不純というか、あるいはフトドキというか……自ら〝やなぎエンタープライズ〟と揶揄していることは、前にも申しあげました。

実は先々月も盛岡へ吟行に出ておりまして、これは「めん（麵）サミット」というイベント。おそばやさんがスポンサーで、句友一同、そば派とうどん派に分かれて討論会をやり、そのあと、わんこそばを食べながら句会をひらいたのでした。そういう稼ぎながらの吟行の旅が、もう六十回を越しているのでありまして、風流の道に遊ぶ者としては、いささかの後ろめたさもないわけではなく、なるべくヒミツにしているのですが……と、また喋ってしまったぁ。

本気で遊ぶ

〝わが城〟のリレートーク

吟行のご報告の続きです。

車が竹田に入ると、そのまま岡城址へ直行、一同、地元の郷土史にお詳しい方のご案内で散策します。

「ここに籾《もみ》倉がありました。ここは馬小屋の跡です。ここが本丸でした」と、何もない所ばかりのご説明ですが、断崖絶壁の切り立った城壁は、いかにも難攻不落という構えで、その崖上から下をのぞくと、まさに千仞《せんじん》の谷。見渡せば新緑の田園風景がひろがり、遠く起伏に富んだ山々。その景観はまことにすばらしく、脳にイイ眺めです。

「岡城は日本三堅城の一つでした。あとの二つをご存じですか」というご案内氏の問いに、すかさず誰かがボソッと「あき竹城とGIジョー」なんて、例によってフキンシンなんですが、さほど高笑いにもならなかったのは、たいしたジョークでもなかったのと、みんなもうひそかに句案を練っていたからのようで、あるいは、今夜のトークショーのテーマ、「城」についての思案をめぐらしているのかもしれません。

城址見学もそこそこに、文化会館の楽屋へ入りました。満員のお客様に恐縮します。城についての話といっても、城の専門家など一人もおりませんが、永六輔氏の軽妙よどみなき司会でリレートークは順調にすべり出します。

永井啓夫氏が大学教授らしくまずキッチリと城を論じ、矢野誠一氏が現「千代田城」をめぐるゴシップ、大西信行氏は劇作家の立場から城にふれ、江國滋氏は城を詠んだ俳句についての評論、入船亭扇橋師は城もなにも話がそれっぱなしでこれが大ウケ、オーディオマニアの柳家小三治師はCDの扱い方についての熱弁で大喝采、これは「自分の城」ということらしい。私は城には困り果て、仕方なく「不夜城」吉原のお噂でご勘弁いただきました。

〝耳福〟の醍醐味

催しを終えて、宿舎での遅い夕食もすませ、皆さんお疲れですのでそれぞれの部屋に散ります。

私どもの句会は、吟行の際にも兼題が出ていて、それは属目句を作る〝労苦〟を軽減しようというネライであることは以前にも申しあげました。今月の兼題は「草笛」。

草笛の上手い転校してきた子
草笛やこの人こんな顔になる
草笛や村の助役の隠し芸
二浪して草笛吹いていたりけり
川沿いに下校する子の草の笛

この中から、明日投句する二句を、さて、どれにするか、部屋で思案していたのですが、今夜はまだ仲間と話し足りない気分で、江國滋氏の部屋を訪ねました。

もう集まっていたのが、矢野、小三治のお二人で、大体この四人が、夜が更けると元気の出てくるタチです。その代わり朝はバカ弱い。ただし矢野氏だけは朝、昼、夜中と疲れ知らずの不可思議なる体質。私などは、おそらく明日の午前中の予定は失礼して、昼食が朝食ということになりましょう。

それはともかく、旅先での友との語らいは楽しいの一語です。楽しいばかりか、ボケ防止の秘訣は趣味と語らいですってね。でも俳句の話はあまりしません、もっぱら矢野氏のもたらす文壇、劇壇、皇壇？　の怪情報を中心に、抱腹絶倒の浮世ばなしが深夜に及ぶのでありまして、小三治師匠の話がタダで聴けるのも〝耳福〟でありますよ。

翌日は正午まで寝て、昼食にもおくれて食堂へいきますと、またもう大笑いが聞こえてきました。

旅館に隣接している神社が小高い丘の上にあって階段が長い。永氏が登ろうか登るまいか迷っているところへ、上から永井氏が下りてきた。「この階段、ずっと上まで続くの？」って聞いたら、「いや、ついあそこまでです」といわれたので、登っていったら、その上の、そのまた上まで階段は続いていてダマサレタ、という話で沸き立っておりました。

さらにはまた、江國氏が、このところ少し足がおぼつかないので、今回の旅行にステッキをついて行こうとしたら、奥さんに、「そんなもの持っていったら、みんなに何言われるかわからないわよ」とたしなめられて、杖はやめにしたという話から、

永「杖もいいけど、あれ、物を持てなくて不便なのね」

江國「それに、雨降った時なんか、杖と傘で両手ふさがるんだよ」

大西「杖さして、傘ついて歩くなよ」

これでまた大爆笑でした。

しかし、こういう話題も、やなぎ句会にヒタヒタと老いがしのび寄っている証拠ですなぁ。でも、オジイサンたちの心は少年にもどってハシャイデいるのです。これが何より。俳句なんざぁ二の次でいいのだ。

二の次の俳句も楽しい

二の次でも句会に来たのです。なに、二の次の俳句も楽しいのでして、昼食もそこそこに座につきます。地元の方が差し入れて下さった饅頭《まんじゆう》がおいしい。千石やという店の、ツブシ餡《あん》をくるんで平べったくつぶしたベタベタの饅頭が、珍しくて美味でした。同行してきた書記の徳久千恵子嬢が手まめにお茶をついでくれます。

彼女は、もう名刺の肩書に「長」のつくキャリアＯＬですが、実に楚々たる風情のお嬢さん。心くばりが細かく、対応が機敏で、老人集団の面倒をいつも優しくみて下さる才媛。しかも美人。悪態専門の連中が、彼女の亭主になる奴は幸せだと、ほめちぎることしきりという、当句会のアイドルです。やなぎ句会には女性会員がおりません。おりませんから長続きしているという説もあるのですが、徳久嬢の、白いブラウスの背中に、かすかに透けて見えるブラの細い線に、オジイサンたちはほのかなトキメキとさわやかな安堵感を抱くのであります。……なんで安堵感なのかよくわかりませんが……。

ブラジャーの細きを尊しとす薄暑

……俳句でも何でもありません。

さ、書記嬢礼讃に手間どりましたので、句会の進行経過は省略して、諸氏の投句から二句ずつご紹介いたしましょう。

奥豊後いつ死んでもいい新緑
生き方も草笛もまた不器用で
六丁目（永六輔）

草笛を友は昔の顔で吹く
おもしろや瀬音に踊る糸とんぼ
獏十（大西信行）

万緑の万それぞれの青さかな
老桜の片側朽ちてなお若葉
変哲（小沢昭一）

草笛の裂けて終りし静《しじ》まかな
馬小屋のありしあたりや柿の花
余沙（永井啓夫）

民思えばこそ変わり身の城つつじ
吹く人の心うつして草の笛
土茶（柳家小三治）

城址になんにもなくて風薫る
目によいといわれ万緑みつめおり
滋酔郎（江國滋）

水の音して石垣の町薄暑
夕闇を連れて草笛聞こえくる
徳三郎（矢野誠一）

石垣のいきなり切れて若葉風
ほの暗き竹田の土蔵竹の秋
光石（入船亭扇橋）

互選の結果の最高得点者は、江國滋氏と矢野誠一氏が同点で並び、年長順ということで江國氏優勝と決まりました。

私の属目句で、

瀧像のあまりに若く夏木立

これ、ちょっと自信もあって、出してみたのですが、あまり抜けませんでした。岡城址の茂みの中に建っていた瀧廉太郎の銅像。これがほとんど少年の貌《かお》で、私はオドロイタのです。もっとも考えてみればこれは当然で、『荒城の月』をはじめ幾多の名曲を残した天才作曲家瀧廉太郎は、二十代で早世したのですから、若くて不思議はないのですが、そのさわやかな童顔は、夏木立の中にふさわしくも思えての一句でした。江國氏が「『瀧像』という言葉がどうもねぇ……」と、それでも五客に抜いてくれました。なるほど、

瀧廉太郎像あまりに若く夏木立

でもよかったですかな。

ほんとうは、

瀧廉太郎像若僧であり夏木立

この方が私のコトバなんですが……。

それはともかく、仲間からのアドバイスは有り難いことでした。珍しいことでもあるのです。実は私ども、句会でお互いの句をあまり批評し合いません。当初は扇橋宗匠の講評もあったのですが、いつのまにか立ち消えになりました。批評し合うと、ケンカにはなりませんがマジになりかねません。マジは照れるし疲れもしますから、それでチャランポランになってしまったのでしょうか。しかしそうはいっても、みんな俳句をよむ、選ぶことについては、ひそかに真剣なんですよ。真剣さが増して、私なんざぁ、だんだんオモシロイ句が出来なくなってきたくらい。今回の諸氏の句をご覧になって、どうでしょう、ウジャジャケテいる割には、真面目に、素直に、俳句に対しているのだなと、お思いになりませんか？

やはり〝稽古百遍〟!?

仲間ぼめで恐れ入りますが、江國滋氏の『俳句とあそぶ法』(朝日文庫)は、俳句の楽しさを余すところなく、しかも痛快に述べた名著だと私は思っております。今から十年以上も前に書き下ろされた本ですが、実は私どもの句会のことも、ここに述べつくされてあります。そのなかから遊びの論を少々引用させていただきましょう。

「類は友を呼ぶ。おもしろいことがめしより好きで、おもしろくないことでも無理矢理おもしろくさせてしまわなくては気がすまない性向を有する輩《ともがら》が、あーあ、何かおもしろいことはないもんかねえ、という落語の『あくび指南』そこのけの安直さではじめた句会なのだから、高邁《こうまい》な目的なぞあるわけがない。俳句は消閑の具、というより遊びそのものであって、だから十五年来たゆみなく、ただひたすら遊びに徹してきた。

そうして、ここが大事なところだが、遊びだからこそ、まじめに取り組む必要がある。きちんとルールを守って厳格に遊んでこその遊びであって、すこしでも箍《たが》がゆるんだら、たちまち遊びの興趣がそがれること、麻雀と同じである。

厳格に遊べということは、厳粛に遊べということを意味しない。遊びである以上、句会の雰囲気はどんなにくだけたものであってもかまわない。くだければくだけるほど楽しい。抱腹絶倒、こんなところで俳句なんぞ作れるもんか、というおそろしい状況の中で、出来上った作物だけがあくまで大まじめ、というところに遊びの醍醐味がある」

句友に論客がいてまことに有り難いのですが、さはさりながら、「本気で俳句に遊ぶ」のもなかなか難しいのです。やはり、己の上達していく手ごたえも、多少は感じられないと長続きして楽しく遊べません。

ものの上達は、まずは素質でしょうが、次は「習うより慣れろ」です。私どもの稼業でいえば稽古百遍。

されば、「一日一句」をこころざして、そろそろ一年。お約束ですのでご披露しなければなりますまい。

一日一句

どしどし捨てる、とは――

俳句を、一日に一句よむことを心掛けて一年になりました。

前に述べましたように、小林恭二著『俳句という遊び』を読んで知りました波多野爽波先生の、俳句は「どしどし書きどしどし捨てる」という教え――なるほど「どしどし捨てる」気になれば、気が楽でどしどし出来るだろう。軽い気持ちでどしどし作れば、一年に一句や二句は、まぐれでチョイトシタ句が出来るかもしれない、よしやってみようと一念発起、とにかく一日一句を守って粗製乱造してきました。

ところが、これがタイヘン。毎日の、仕事が終わった、帰った、疲れた、食べた、寝たというバタバタ暮らしのなかで、句作にふける時間はありませんで、たとえ少々〝忙中閑〟があっても、おいそれと句が浮かぶアタマに切りかわれません。まいりましたが、男子志を立てたのですから、ここは一番なんとしてもやり抜こうと、主に便所と風呂の時間を使って苦吟いたしました。便所や風呂は、孤独になれるのはいいのですが、それほど良好な作句環境でもないのですね。まあ、肩の力の抜ける風呂のほうが、力を使う便所よりは句想がわいてはきましたが……。芭蕉が便所で作句したというのは「りきみ」の境地なんでしょうか。

しかし、そんな悪条件のなかでも、どうせどしどし捨てりゃいいんだということが支えになって、ともかく、毎日、十七文字を残してきました。

『NHK俳句入門　飯田龍太　俳句の楽しみ』という入門書にも「一日一句」のことは説かれてあります。少し引用させていただきますと、

「『俳句をはじめたけれど、早くうまくなる、何かいい秘訣はありませんか』――こんな質問をするひとがありました。

随分虫のいい考えだ、といってしまえばその通りにちがいありませんが、しかし、それを口にするかしないかだけのことで、おお方のひとは内心ひそかにそう思っているのではないでしょうか。

それに対する私の答えはひとつ。

『まず一年間、三百六十五日、毎日一句ずつお作りなさい。三百六十六日目には、きっといい俳人になっているはずです』

ただし、これには少々註釈がつきます。毎日一句とは、仕事が忙しかろうと気分が悪かろうと、必ず毎日一句作ることは勿論ですが、十句二十句作れたときでも、手帳に書き残す作品は一句だけ。旅行したり、吟行に出掛けた折など、たくさん作品が生まれるかもしれませんが、そんな場合でも、なかから一番自分の気に入った句をひとつだけ残すのです。……

とありまして、このあと、さらに、

「……たくさん生まれても一句だけにしぼるというのは、自選力をつけるためです。あれもいいこれもいいではなく、あれかこれか。いわゆる二者択一が俳句の決断です……」

と、キビシイのです。

私の場合、一日に一句浮かぶのもやっとでしたが、時に、妙に調子がよくて三句、四句と出来たときは、一句にしぼるなんてもったいなくて、全部書き留めてしまいます。ですから一年間で、数だけは五百句ばかりになりました。なりましたが、どしどし捨てるつもりの乱作ですから、俳句にならないものまで――「パソコンで匂いかげまいザマーミロ」とか「シャンパンの音や新婦は八ヶ月」なんて、川柳になってしまったのも、その日の感想句としてまじっているのです。それに、作るだけが精いっぱいですから、推敲はおろか「一句にしぼる自選」の余裕まではありませんでした。

今日だってそうです。芝居の稽古を終えて、吉祥寺の稽古場から家へ帰ってきました。連日の猛暑なのに、不思議と今年は蟬がまだ鳴きません。井の頭公園の脇を通ってもシーンとしています。ブキミですなぁ。私は子供のときから蟬の動静はとても気になるタチで、今日はそのことを句にしようと……夏さなか蟬まだ鳴かず落着かず……蝉鳴かず蝉に不満のある証《あかし》……乱世をいましめて蝉沈黙す……鳴かざれば吾れも家康蝉を待つ……なんてやってみるんですが、どうも句になりません。鳴いていない蝉、つまり存在しないものをよむのは難しいですな。

それに、このところ私、フランキー堺、渥美清と〃同期の桜〃をうしなったショックもあるのか、精力も減退ぎみで、加えて大好きな蝉が鳴かないときては、まことに寂しい。蝉鳴かず句もままならず気も立たず……トホホ、だめだ。例によって風呂に入って思案してみますか……。

自選もツライ

ところで私は、私の「一日一句」を、「恥も外聞も捨てて、いずれご披露させていただきます」と、前にお約束したのでした。そろそろこの辺でそれを果たさなければならないと、一年間の五百句を読み直してみたのですが、やはり、まぁロクな句がありませんで、どしどし捨てたら無くなっちゃう。下手な鉄砲……は数打っても当たらないのですね。

でも、約束は守らなければ男がすたります。といって駄句を発表すれば、なお男がすたるのでして弱りました。もっとも当節、男は何によらず、すたっているのだから、マ、イッカァ。

では、どしどし落とします。昨年の夏の終わりにスタートした五百句から、十分の一ぐらいに、まず粗選《あら》りしてみますか。しかし、いざ捨てるとなるとツライ自選ですな。

仰向けの即身仏や法師蟬

テレビで亡き三遊亭円生を聴く

円生の絽の羽織ぬぐ気取りかな

保険屋の褒めて立ち去る百日紅《さるすべり》

秋の夜に慕う夢声の物語り

厚別競技場よりのテレビ中継を見て

倒されしままのラモスに蜻蛉《とんぼ》くる

ステッキの伯父と歩むや秋彼岸

仙台にて

空晴れて墓地一面の黄菊かな

秋風やこの橋俺と同い年

朝顔の種盗る人を許しけり

秋麗の銀座みかわやビーフカツ

浅草弁天山添田唖蝉《あぜん》坊の碑の前で

椋鳥《むくどり》と浅草にいてハハのんきだネ

秋むさぼりて日帰りの甲州路

大股にゆく外人や泡立草
野球なく相撲なき夜のちちろ虫
体育の日に駅五つ歩きけり
京橋の路地の小鰭《こはだ》のにぎりかな
秋の夜に吹かむ吾等がハーモニカ
曇りたる今月今夜紅葉忌
菊花賞とらぬ狸の文化の日

新潟県筒石にて

怒濤歯をむき出して越路は冬
木枯や子の欠席の届出す
冬の朝遅刻しそうな子の駈ける
冬の夜に大津絵を聴く志ん生の

たこ焼を二人で分けた冬の駅
尻上りする子出来ぬ子冬日かな
枯落葉にもそれぞれに生きた色
焼芋を痴呆の母へ土産とす
プレゼントやらずもらわずクリスマス
この喉でいつまで稼ぐ去年今年
マスクして置屋から出る老妓かな
元日の夜のコンビニの灯の救い
かさぶたのある凧揚げの上手な子
杉の箸割る松過ぎの鮨屋かな
無言という安らぎもあり冬灯火
小春日の路地の三角ベースかな
老人の野球談義や春隣

こでまりやお茶するという嫌《や》な言葉
日本《ひのもと》の春の堆肥のにほいかな
ランドセルばかり大きく入学日
駅までに三ヶ所薫る沈丁花
まだ動く明日遠足の子の寝床
また凶のみくじも京の春時雨
小流れに小魚急ぐ五月かな
菖蒲湯《しょうぶゆ》や三人目また男の子
蝨《だに》蜈蚣《むかで》蚰蜒《げじげじ》もまた夏の季語
煩悩即菩提とかや即涼し
短夜や思い出せない女優の名

映画今村組出演

短夜に堕胎医の台詞《せりふ》覚えおり

嗚呼、フランキー堺逝く

逝くピエロ送るもピエロ明け易く
おしなべて蚊帳《かや》で寝るとき子ははしゃぐ
学帽の日覆《ひお》いの白さ独歩の忌
歩が二枚足らぬ将棋や夏の宿
花茣蓙《ござ》をはげば一円玉二枚
見積書納めひとまず鰌《どじょう》鍋《なべ》

「自選」は「作句」より困難

さぁて、もっとどしどし捨てなければ。やはり捨てる段になるとスケベ根性が出て、なかなか捨て切れないものですね。

龍太先生のご指摘のとおり、「自選力」は「作句力」より身につきにくいもの。句会の席でも、作った句のなかから提出句を自選するのには、いつも迷います。しかも、自信作が全く抜かれず、切羽つまってシブシブ投句したのが好評だったりする。自他の判断の違いはしばしばなんです。自選するには、自分の感懐におぼれない客観的な眼力が養われなければならないのでしょう。

それには日ごろからベンキョウするしかないのですが、いま、それを言っても仕方ありません。とにかく、自分の好きなのがオレの句だ、エエイッと、次の句を残しました。

円生の絽の羽織ぬぐ気取りかな

秋風やこの橋俺と同い年

椋鳥と浅草にいてハハのんきだネ

菊花賞とらぬ狸の文化の日

焼芋を痴呆の母へ土産とす
この喉でいつまで稼ぐ去年今年
かさぶたのある凧揚げの上手な子
まだ動く明日遠足の子の寝床
無言という安らぎもあり冬灯火
日本の春の堆肥のにほいかな
蝨蜈蚣蚰蜒もまた夏の季語
学帽の日覆いの白さ独歩の忌

……ウーム、十二句かぁ。まだ引きしめが足りないのでしょうね。もっと「どしどし」か。

ハイ、最終の自選。

五句だけ残しましょう。一年分の百分の一だ。

……本当は、ガタガタ言わずに、一句か二句残して、あとは西の海へサラリと、何食わぬ顔で流せばイキなもんなんだけど、正直、後ろ髪ひかれるんです。五句でお許しを、爽波先生、龍太先生。

円生の絽の羽織ぬぐ気取りかな
秋風やこの橋俺と同い年
まだ動く明日遠足の子の寝床
かさぶたのある凧揚げの上手な子
日本の春の堆肥のにほいかな

ええい！　もし、一句だけ選べと、ピストル突きつけられて脅迫されたら、

秋風やこの橋俺と同い年　　変哲

この句にいたします。いやはや……。
読者の皆さんが、もし選をして下さるとしたら、どうなるのでしょうか。おそらく

また、違ってくるのでしょうね。
どしどし作るのも大変でしたが、どしどし捨てるのは、なお大変でした。
もう「一日一句」、やぁーめた！

「吾をうとみぬ」

徳川夢声の話芸

ある映画・演劇の専門学校の、若い生徒さんたちが集まっている前で話をしながら、ことのついでにきいてみました。

「君たちのなかで、徳川夢声という人を、名前だけでも知っていたら、手を挙げてみてください」

百五、六十人ほどの若者のなかで挙手した者は、たったの三人でした。一世を風靡した芸能人もどんどん忘れられる。ハカナイのですが、しかしそういうものなんでしょう。俳優・芸人は、本来、その時代、時代を生きるもの、後世に名を残さなくて当然なのかもしれません。

けれども私にとって徳川夢声は忘れられない存在です。しかも年をとるにつれて夢声さんへの敬慕の念はつのるばかり。

徳川夢声は、サイレント映画時代の弁士として第一人者でしたが、映画がトーキーとなってから、大辻司郎などと共に、漫談という演芸の新ジャンルを生み出しました。世事万般をおもしろおかしくしゃべる話芸は、今日の「トーク」流行の元であるとも考えられます。徳川夢声は俳優として映画にも、また文学座などの舞台にも活躍しましたし、テレビ、ラジオの「宮本武蔵」の物語は、まだ私どもの耳にその名調子が残っています。テレビの司会も絶妙でしたが、とくに雑誌の対談でのウンチク、また話の呼吸には、私、脱帽して平伏するのです。

また夢声さんは、夢諦軒の俳号で「いとう句会」のメンバーでもあり、『句日誌二十年』『雑記・雑俳二十五年』と句集を残され、故郷の島根県津和野には、

山茶花の雨となりたる別れかな

の、デッカイ句碑が建っております。ちなみに、夢声さんは子供のころ、神楽坂で母親に捨てられるという「別れ」を経験しているんですね。

石塚友二編『文人俳句歳時記』から、夢声さんの句を少し引きますと、

春の夜の鱧《はも》の小骨は憎からず

女いつか祖母となりてし針供養

冷々と寿司の皿ある楽屋かな

ソ連宣戦はたと止みたる蟬時雨

成る南瓜成らぬ南瓜の葉の繁り

尿瓶《しびん》より湯気立ちのぼる夜寒かな

墓地茶屋の渋茶はぬるし秋彼岸

藤蔓に思案してをり赤蜻蛉《とんぼ》

しかし、私のいちばん魅かれる句は、

漫談の吾《われ》をうとみぬ冴え返る

漫談、座談の名手といわれた夢声さんが、その「漫談の吾」を「うとみぬ」と洩らしているところが、私の胸に強くひびきます。芸人の往々にして、世間で評判で、それでお鳥目もいただき、盛んな人気を得ている仕事が、当人にとっては、必ずしも喜ばしいことでもない場合が多いのです。そんな本音をぼそっと吐いた句ですね。好きです。

私、残念ながら夢声さんと仕事でご一緒出来る機会がなかったのですが、一度だけ放送局のエレベーターの中で、言葉を交わしたことがありまして、その時の「放送局の帰りに機嫌のいい奴で、ロクな芸人はおりませんなぁ」と笑いながら言われた毒舌が忘れられません。

ともあれ「漫談の吾をうとみぬ」——俳句ではそういう心の底の思いを、ポロッとのぞかせることが出来るのですね。しかもくどくどと述べなくてもいい。述べようとしても十七文字ではタカが知れています。

私はオシャベリですが、自分の心の深いところによどんでいる思い……本心といってもいいでしょうか、それをひと前で口にすると、あとできっと寂しくなります。ムナシサを味わいます。

物いへば唇寒し秋の風

やはり芭蕉はスゴイことを言ってますな。でもまた、物をいわずに、腹の中にただ溜めておくのもツライものです。だから、ちょっとこぼす、におわせる。俳句はそれにはもってこいでしょう。ただ、におわせる程度ですから、理解されにくかったり、誤解されたりもします。しかしそこがまた醍醐味で、わかってくれた人がいた時の喜びはひとしおですし、相手の意味のとりようで、その人をタメス……といっちゃ失礼ですが、俳句にはそういう、ちょっとイジワルな面もあるのではないですか。誤読されても、それはそれでまた、その人を知ることも出来ます。いずれにしても、物事、多くを語るのはヤボ……なんて思っているハニカミ屋、ないしはヘンクツ人にとって、俳句はまことにふさわしい、こころの遊び——解放であると思えるのですが……。

長生きも孤独なりけり

ところで、このところ親しい俳優仲間が次々に逝ってしまうのでシンコクな気分にならざるを得ません。フランキー堺、宮崎恭子、渥美清、小林昭二……みんな長いこと一緒に仕事をしたり遊んだりしてきた同世代の友達です。深い悲しみを味わうと同時に、死がひとごとでないことをも、改めて突きつけられました。

私たち戦争を知っている世代は、ことのほか命の尊さを身にしみて感じます。敗戦の焼け跡に立った時、こんどこそは、生きていた己の命を出来るだけ大切にしようと、長生き願望も芽生えたように思います。ところが、長生きすればするほど、友を喪い孤独になっていくのですね。こんなサビシイことはありません。長生きするのも楽ではないのです。また私は、ここのところ因果と丈夫で、となると、まだまだこの悲しみは続くのでしょうか。

友なくば何が都の秋の月　　国木田独歩

それはそうと、渥美清さんは、「寅さん」で満足していたわけでもなかったようですね。むしろ「寅さん」人気を「うとみぬ」という面も大いにあって、それも、世間から隠れて私生活をマル秘にしていた理由の一つと、私はニラミます。

渥美さんとは仕事もいろいろ一緒にやりましたが、前にご紹介した「話の特集句会」でもお仲間で、風天の俳号で一九七三年から四年ほど毎月顔を出しておりました。合掌しつつ、そのころの彼の句を少々並べてみたいと思います。

さくらんぼプッと吹き出しあとさみし
おふくろ見にきてるビリになりたくない白い靴
なんとなくこわい顔して夜食かな
コスモスひょろりふたおやもういない
いま雨が落したもみじ踏んでゆく
好きだからつよくぶつけた雪合戦
貸しぶとん運ぶ踊り子悲しい

行く年しかたない寝ていよう
自殺したひととあそんでいるへんな夢
いつも何か探しているようだなひばり
土筆《つくし》これからどうするひとりぽつんと
ゆうべの台風どこに居たちょうちょ
ひぐらしは坊さんの生まれかわりか
びわの種のこされてふふくそう

多くを申しません。彼は詩人でもありました。ただひとこと申し添えれば、渥美さんが「寅さん」に「うとみ」、種田山頭火や尾崎放哉という放浪の詩人の生涯を演じる用意を、早坂暁さんと熱心にしていたことが、よくわかるような俳句だと私は思います。再び合掌。

さて、そろそろお別れです。最初に申しましたように、私は〝句あれば楽あり〟のこころをお伝えしたかったのですが、なかなかどうも独りよがりで……。

私は、俳句が私にとっての楽しい遊び、しかも俳句は二の次で、俳句をダシに友との語らいが無上の喜びと、くり返し述べてきました。句会は本当に待ちどおしいのです。それは、ひと月働いて、その仕事の疲れを句会の一日でいやす……なんてものではなく、句会の一日を楽しむために、あとのひと月を働いているというくらいのワクワクした気持ちです。私もまたナマイキに、仕事に「うとみぬ」なんですよ。

そんななかで、金子兜太著『二度生きる』というご本は、とても私に刺激的で、考えるところ多いものでした。第二の人生を生きようとするお父さん方を、勇気づけるというか落胆させるというか、とにかくすごい迫力の名著です。

酒止めようかどの本能と遊ぼうか
長生きの朧のなかの眼玉かな
死にし骨は海に捨つべし沢庵嚙む
海に青雲生き死に言わず生きんとのみ

北風《きた》をゆけばなけなしの髪ぼうぼうす

——など、兜太先生の句の、爆音高く生きる力強さに、私はいつも感銘しておりますが、この『二度生きる』は、著者が銀行に勤めながら「いつ首になってもいい」「死んで生きるくらいの腹固め」で、「勤めはやめないで、むしろ食い物にする」という覚悟で、俳句に没頭していった俳句人生を、「いわゆる第二の人生に入ってゆく人たちに少しは参考に」と書きつづられたものです。

そして更に著者は、「サラリーマンが趣味の範囲内で俳句をやったくらいではだめだ。……やるなら専門家になるくらいの覚悟」をもってすれば「人生はがらっと違ったものになるはず」と、かつてのご自分の心境を辿りながら熱っぽく述べておられました。趣味程度のことでは「二度生きる」ところまではいかないということですね。

そこで私も考えました。私にとって俳句は趣味か。フーム……。

趣味とは、仕事ではなく、楽しみごとですよね。たしかに私にとって俳句は楽しい遊びですが、仕事をとるか遊びをとるか、とつめ寄られたら、私、正直、もう俳句という遊びをとります。いえ、食っていかなくてはなりませんから、少しは仕事もやりますし、やる時はイイカゲンにはやりませんが、くり返せば、仕事に「うとみぬ」です。

同輩の友の死が続いて、この思いは一層つよまりました。俺ももう死んで当たり前なんだ。いっそ死んだものと思おう。でも生きている。いったん死んだものと思えば、その生きている一日一日が、大切になる。その貴重な一日をどう過ごすか！

……妙にリキんでおりますが、はや幕切れですから、急激にラストスパートです。

月今宵生き残りたる縁の端　吉田紘二郎

もし一度死んでから、カミサマが一日だけ娑婆に戻してくれるとしたら、私はどうするだろうと考えました。私、その一日は、もちろん仕事はしません。そう、はずかしながら、家族と、平凡な一日を、ゆっくり過ごしたいです。いや、少年の日を一日もらって、トンボや小鮒でも捕りますか。いや、いや、句会に出て友達としゃべってバカ笑いする一日……となると、三日いただきたいですなぁ。

なんとかカミサマ、三日下さいまし。

しかし、どうやらカミサマが少なくとも三日以上は、まだ私を生かしてくれそうです。だったら、その一日一日をカミサマの恵みの娑婆ぐらしだと思って過ごす。いわばこれは死ぬ準備です。というと大げさですが、もう世の中とお別れだという目で、山川草木、鳥、けだもの、虫、そして人間を、ひとつひとつ、よおーく見ておく。見おさめの「属目」の毎日。俳句とそういうつきあいにしたいものと思い定めたのですが……。

ご愛読いただけたかどうかは別にして、私ごとにおつきあいいただき、ありがとう存じました。最後に自分の心境句を一句添えてしめたいところですが、やはり、このお話の最初に引いた、あの一茶の句をもういちど――

これからは丸儲けぞよ娑婆遊び

巻末エッセイ

陶然と

黒田　杏子

『句あれば楽あり』。

これは後世に残る俳句エッセー。

俳句の時代とか一億総俳句作者という言葉の聞こえていた二十世紀末のニッポン。一見愉しげにさし出された「小沢昭一的俳句のこころ」ともいうべき一冊は、世にあふれる〈俳句の本〉や〈俳句入門書〉とは一味も二味も異なる。人間と遊びについての深い考察が著者ならではの人生観を基に、かろやかに語られている無類の本だ。『徒然草』や『方丈記』のように時代を超えて読者を魅きつける輝きを増す本だ。

この五月、私は九十三歳の暉峻康隆（俳号桐雨）先生と秋田に遊んだ。ＮＨＫ秋田俳句大会で「歳時記意識の発生と展開」という特別講演をされる先生のお伴、同時に、私も大会応募句の選者という役目を頂いていた。

羽田のＪＡＬカウンター前で落合おうとおっしゃる先生。お宅までお迎えに上りますとねばる私。「あなた、お迎えはもうすこし先きにしてほしいんだ。書いておきたいことが、どう考えてもまだ千枚ほどはあるんでね」と先生。缶ビールをあけて、飛び立てば五十分の空の旅。

「あの句会の、彼らはなあ、みんな見事よ。小沢君なんて、あなた、学者としても一流。立派なものなのよ。しかしだ、俳優の、芸人の小沢昭一が学位なんか受けとっちゃあ、いけない。そうでしょ、芸能者として生きるんだ彼は。永六輔君だってなあ、超人だあ。しかし、あなた、ここが重要だ、彼らはなあ、大西信行君も然り、加藤武君も虚構の世界を生きる連中なんだ。つまり、入船亭扇橋、柳家小三治、矢野誠一、永井啓夫君だって、もちろん桂米朝もぜーんぶ、みんな、フィクションの世界を追求し、深く大きく生きてるんだあ」

あの句会とは「東京やなぎ句会」のこと。昨年（一九九九年）結成三十年の節目を迎えたおそるべき長寿句会。故江國滋（滋酔郎）さんの『俳句とあそぶ法』を初校ゲラの段階から拝見させて頂いたご縁で、十五年ほど前はじめて私はこの句会にお招きを頂き、近年はたびたびゲスト参加の機会を頂いている。あまつさえ、昨年の「オール讀物」三月号に掲載された三十年記念の大座談会では司会までつとめさせて頂いた。

これはおそらく大昔、広告会社の社員時代、私が永六輔さんの担当でもあったというご縁のたまものなのだと思っている。

「やなぎ句会って酒豪揃いなんだろうな」と思っている人が多い。しかし、この句会は、文字どおり、しらふ（素面）の会である。お酒はお好きの矢野さんも決して酔っぱらったりはなさらない。加藤さんも同じ。米朝さんも同じだと思う。あとの方は全くお酒は召上がらないのだから酔う筈もない。

それなのに、たまに伺わせて頂く私は、ともかく、会場に着く前から陶然としている。「やなぎ」とつぶやいただけで夢見心地になっている。人生経験にとぼしく、かつ世間の狭い私の感想では、説得性に欠けるともおもうけれど、ともかく、〈東京やなぎ句会の時間〉ほどに極上の時間と空間は俳句列島日本ひろしといえども、この世にないと言いたい。それは、メンバーひとりひとりの抱え物のすごさによるものだ。句会結成以来、構成員全員がうち揃って前進しつづけている。各自の世界を確実に発展させつゝ驀進《ばくしん》しつづけているケースは他に例を見ない。つまり、俳句作品が巧いか否かという以前に、句座を構成する集団の美学、虚構を生きる哲学、アーティストとしての水準の高さは圧倒的である。

構成メンバーのおひとりおひとりを知れば知るほど、一人一党の方ばかりで、集団行動には全く向いていないとおもえる。そんな人たちが三十年一度も休まず継続している座の力学。これは前代未聞のことだと思うし、世紀末の東京のただ中に毎月きまって現出する蜃気楼のような冬の虹のような存在とも言うべき夢の時間なのだ。

白水社という出版社がある。栃木県の片田舎の中学生であった頃、兄の読んでいた『チボー家の人々』を私も読み、ジャックという人物にいたく共感、翻訳者の山内義雄氏に白水社気付で手紙を出し、ロジェ・マルタン・デュガール氏のアドレスを伺うや、その晩無我夢中で英文の感想文を書き上げて送った。半年も経った頃、デュガール氏から絵はがきが届く。一度ならず二通も。以来、白水社は私の大切な心の泉であった。

その白水社から、小沢昭一著『放浪芸雑録』（A5判九八二頁　上製　本体三二、〇〇〇円）が刊行されるという広告を見付けたとき、小沢さんには全く関係のないことながら、涙が出てきて私は困った。〈自らの「職業としての俳優」の原点を求めるために、四十有余年にわたって芸能と芸能者の姿を全国に訪ねて採集した「放浪芸」の集大成。萬歳・大神楽・猿回しなど、風のようにやってきて風のように去っていく大道・門付の諸芸を丹念に追いながら、芸による身すぎ世すぎのありかをみる小沢流探索の旅〉というコピーにつづいて、著者のことば。〈この種の芸能の、断末魔に立ち合ったという様な実感のみが残った。もうあと何年かで、それも完全に風化して消滅するであろう。残るとしてもそれは「保存」された標本で、生きた放浪芸ではない。いずれにしても、少なくとも中世以来の伝統がいま、消えたのである。〉

いよいよ深まる畏敬の念にうち震えている私の許に、『ものがたり　芸能と社会』が小沢さんの毛筆によるサインとともに贈られてきた。放送大学で行なわれた十五回の講義録が中心の大冊。各章の終りには必ず、《読んでいただきたい文献》が列挙されており、そのリストを眺めているだけでも知的好奇心が刺激されてゾクゾクしてくる。

当然のことながらこの本には新潮学芸賞が授与されたのである。光栄なことに私はその授賞式の数時間前まで小沢さんと行動を共にさせて頂いていた。前夜、新潟市で開催された「東京やなぎ句会特別興行」にゲストとして加えて頂き、大阪からご参加の米朝さんなどと共に、興行ののち、すこぶる愉快な深夜の例句会も堪能させて頂いて、翌日東京駅で午後解散。その日の夕刻がこの何とも小沢さんにぴったりの賞の授賞式だった。その模様は写真とともに各紙に載り、「学芸賞というものの賞金を馬券に使ってよろしいものかどうか思案中です」などというスピーチの一部が報道されていて嬉しくなる。

すこし、とんで、ことし、二〇〇〇年の二月十七日、こんどは熊本県立劇場での特別興行にも加えて頂いた。帰京の前の昼食を小沢さんおすすめの大石本店という肥後そばの老舗にみんなでゆく。鴨南、天ぷらそばなど各自好きなものをおいしく頂いたあと、メニューにはない特製の〈そば寒露〉というデザートが全員に特別に供された。ものを召上るときの小沢さんは真剣そのもの。正座してとろりと甘い絶品のそのたれを啜《すす》り終るや、大きな声で小沢さんがのたまう。「なあ、武ちゃん、長い間芝居やってきて、演劇理論とか役づくりとか、もういいな。それより、才能のある者が、けい古、けい古、けい古。これに尽きるな。才能のある者がだよ。これに尽きる。そうだろ。なあ、武ちゃん」。並んで坐っておられた麻布中学入学以来のお仲間、加藤武さんは「そう」と一言、静かにお箸を置かれる。

すごい。おそろしい。最高！　無類の座だと心の底から思いつゝ、しかし、私はこの句座に身を置かせて頂く時間を、あたかも龍宮城に招かれた浦島太郎のごとくうっとりとして過す。人間って、仲間がすばらしいと、こんなにも素敵になれるんだと、寄せて頂くたびに、あらためてひたすら感動するばかりだから、いい句などここではひとつも浮かばず、出来ず、また作ろうとも思わず、従って、成績はいつも最低なのに、劣等感すら抱かず、一刻一刻をただただ満喫して過す。

さきの三十年記念の大座談会で——

黒田　この句会って、おたがいにすさまじいばかりにみがきあっておられるでしょう。

俳句だけでなく人間そのものを。

小三治　人間はね。これはもうどのくらいまわりから教わってるかわからない。

矢野　三十年このメンバーがふつうの友だちづきあいしていて、そのあいだにもし句会がなかったら、全然別の人間になってたね。

小沢　それは絶対言える。

加藤　言えます。

小沢　だから人生の座ですよ。

小三治　自分たちをちょっと蔑《さげす》んじゃあ喜びあってる風情があるんです。

黒田　でもそれは、みなさんの美学が同じだからですよね。

小三治　たしかにそうだと思う。

食事も頂いて句会が終る。扇橋宗匠による披講ののち、月番（幹事）より成績順位発表。四谷万世での例句会のあとはちょっとレトロな喫茶店を借り切っての定例二次会。話に花が咲くという日本語のその現場に身を置く時間。エッ、まさか、もう一度という話題のハイライトはもれなく、小三治さんがパソコンにインプット。遠征吟行、興行その他この会の業務連絡一切はやなぎエンタープライズの永さんから手短かに。十一時前解散。タクシーに乗る私にお兄さま方の派手なお見送り。最敬礼、万才、窓を叩いて開けさせ、「またきてね」などと叫んで下さる。

走り出すや、興奮気味の運転手さん。「失礼ですが、お客さん、どういうお仕事を」「ただのおばさんです」「だってさあ、すごい人ばっかりだったじゃないですか。大きな黒いザック背負ってたの小沢昭一さんでしょう。いつもラジオ聴いてんですよ。あの人はいいなあ。七十くらいでしょ、もう、ねえ。元気なんだなあ、実物は若いねえ」

この日、優勝された小沢さん、句会の終りに手品師のように手提げから折りたたみ式の大きなリュックをとり出してひろげ、山のような賞品をびしっと納めるやキュッと紐をしめて結び畳の上でヨロヨロと。そのポーズ、まさにひとり芝居で全国ツアー続行中の「唐来参和《とうらいさんな》」の役者さんのもの。そういえば、単行本のときの本書のカバーも奥さま、小沢英子画伯の装画できめてあった。

このところ私は、時間がちょっとでもできると、二十世紀ドキュメント・レコードの金字塔、遂にCD化完成の完全復刻版、小沢昭一の「日本の放浪芸」（ビクター）を聴いて過す。おもわず何度も合掌しながら。そして不覚にもたびたび涙ぐみながら。

（くろだ・ももこ　俳人）

句《く》あれば楽《らく》あり

朝日文庫

2000年8月1日　第1刷発行

著　者　小《お》沢《ざわ》昭《しよう》一《いち》

発行者　岡本行正
発行所　朝日新聞社
〒104-8011 東京都中央区築地5-3-2
電話　03(3545)0131（代表）
編集＝書籍編集部　販売＝出版販売部
振替　00190-0-155414
印刷製本　凸版印刷株式会社

表紙・扉　伊藤鑛治　ISBN4-02-264235-1

朝日文庫

俳句コレクション

入門書・随筆集・上達のための書

◉——**俳句とあそぶ法**　江國 滋

句の鑑賞から、句作の実例、俳号のつけ方、句会進行の方法まで、俳句の面白さを説き明かす

◉——**くさぐさの花**　髙橋 治 著／冨成忠男 写真

何気なく咲く花に出会った驚き、移ろいゆく花にも似た世の哀歓を、名句を配して綴る随筆集

◉——**木々百花撰**　髙橋 治

列島風土に展開する四季の自然から花木を選び、心象風景を秀句とともに描き出す随筆集

◉——**句の菜滋記**　髙橋 治

歳時記風にとりあげた、四季折々の句の美味を心で味わう、滋味にあふれた小気味よい随筆集

◉——**俳句って、たのしい**　辻 桃子

〝ラクに楽しく、本気で熱く〟をモットーに句歴三〇年、結社を率いる著者の型破りエッセイ

◉——**有夫恋《ゆうふれん》**　時実新子

華やかなエロスで女と男の愛と性を詠み、短詩型文学の世界に画期的な影響をあたえた句集！

◉——**俳人名言集**　復本一郎

芭蕉、蕪村、一茶から子規、龍太まで古今の名言が教える俳句の神髄。俳句を深く知る必携の書

◉——**俳句つれづれ草**　昭和私史ノート　結城昌治

俳句に魅せられた著者が時代と自分史を重ね合わせ、古今の名句を織りまぜながら綴る昭和史

◉——**俳句は下手でかまわない**　結城昌治

出会った人々、句会の愉しみ……名句を織りまぜておくる「俳句の世界への招待」

朝日文庫

池波正太郎コレクション

小説、映画、旅、食べ物…醍醐味を知り尽くした達人の世界

◉小説の散歩みち

幼年期から、戦争体験を経て時代小説の名手となるまでの懐かしい日々、そして小説作法の秘密

◉食卓のつぶやき

料理・食べものについて語れば、著者の右に出る人はいない。文字どおり〝垂涎〟のエッセイ集

◉私が生まれた日 池波正太郎自選随筆集①

折にふれ発表した随筆から、特に旅、下町、食べ物、散歩、家族のことなど、著者が選んだ62編

◉私の仕事 池波正太郎自選随筆集②

多数の随筆の中から、特に時代小説、芝居、映画に関するものなど、著者が選び抜いた50編と日記

◉私の風景 池波正太郎自選随筆集③

故郷・東京、旅で訪れたインドネシア、フランスの、失われゆく風景を惜しみつつ綴った3章

朝日文庫

曽野綾子コレクション

人間の中の光と闇を見据える透徹したまなざし

◉神の汚れた手〈上・下〉

人間の生誕をめぐる多彩なドラマ……十代の妊娠、不妊、中絶、半陰陽。現代の愛と性とは何か

解説・小此木啓吾

◉贈られた眼の記録

白内障、中心性網膜炎……失明を覚悟した筆者が奇跡的に視力を恢復するまでの感動の記録

解説・扇田昭彦

◉火山列島

美しく成長した戦災孤児と養父、その養父を慕う人妻。人々の運命の交錯を描いた長編ロマン

解説・外尾登志美

◉砂漠・この神の土地

パリから象牙海岸まで、生の意味を問いながらサハラ砂漠を縦断した〝中年探検隊〟の旅の記録

解説・西山健彦

◉あとは野となれ

たとえ自分の選んだ道であれ、「恐れおののきつつ」歩く——聖書に導かれて生きる人生とは

解題・岡　宣子／解説・佐藤恵美子

◉夢に殉ず〈上・下〉

志低い中年男、天馬翔が守り通した魂の自由——あからさまな生の姿を描く人間讃歌の傑作

巻末エッセイ・岸田　秀